迎春花儿红

徐慧莉 ◎ 著

安徽师范大学出版社

·芜湖·

图书在版编目（CIP）数据

迎春花儿红 / 徐慧莉著. — 芜湖:安徽师范大学出版社，2020.1
ISBN 978-7-5676-4493-9

Ⅰ.①迎… Ⅱ.①徐… Ⅲ.①长篇小说-中国-当代 Ⅳ.①I247.5

中国版本图书馆CIP数据核字(2019)第293403号

迎春花儿红
徐慧莉　著
YINGCHUN HUAR HONG

责任编辑:李　玲
责任校对:孔令清
装帧设计:张　玲
责任印制:桑国磊
出版发行:安徽师范大学出版社
　　　　芜湖市九华南路189号安徽师范大学花津校区
经　　销:新华书店
网　　址:http://www.ahnupress.com/
发 行 部:0553-3883578　5910327　5910310(传真)
印　　刷:江苏凤凰数码印务有限公司
版　　次:2020年1月第1版
印　　次:2020年1月第1次印刷
规　　格:700 mm×1000 mm　1/16
印　　张:12.25
字　　数:175千字
书　　号:ISBN 978-7-5676-4493-9
定　　价:39.80元

如发现印装质量问题,影响阅读,请与发行部联系调换。

目 录

第一章　妈妈给我老照片

一九八七年的雨季来得比往年都早，江南地区阴雨连绵，空气潮湿得都能滴出水来。

妈妈的病越来越重了，说一句话要喘好长时间。我很想将妈妈送到医院去，可是我没有钱。这些年村里人家我们都借遍了，实在不好意思再开口借了，妈妈也不愿意我去借。妈妈让我把借钱给我们的人全记在小本子上，她说这些钱将来都要由我来还，我的压力会非常大，反正她的病也好不了了，就不再给我增加负担了。

不知从什么时候起，大概是从妈妈病重时开始吧，妈妈就看不得我闲着，只要看见我坐在那里发呆，她就不停地唠叨，不停地指使我做这做那，说这个事要这么做，那个事得那样干，总之是不能错，要记得牢牢的，要用心。妈妈说话时上气不接下气，有时会喘得缩成一团。不喘的时候，她就木木地望着我的脸，她的眼睛大而无神，手指细得跟小木棍似的，仿佛只要一用力就会折断。

有一段时间，我曾怀疑妈妈是不是从来没有年轻过，因为她的皮肤是那么粗糙，那么黄，那么暗，既不光滑又不水灵，还有许多细细的皱纹，仿佛我玩耍时用石头砸向湖面时湖面泛出的波纹。她总是喜欢佝着背，低着头，原本就不太高大的身体仿佛承担着千斤重担。

难道妈妈不是父母生下来的吗？

我的外公外婆呢？我的姨娘们呢？

我看见嫩毛和黑妹家平时都有亲戚上门，过年过节时更是热闹得不行，来他们家做客的小孩子也多，他们玩得可真有趣、真尽兴。可是，我家连一个亲戚都没来过，是妈妈不让他们来，还是他们不愿意来呢？这些问题我没问过妈妈，不是不想问，而是不敢问，因为妈妈看我的表情总是恹恹的，我猜她肯定是嫌我拖累她。

妈妈说，我出生的时候不哭，如果这样发展下去，我就会成为哑巴。妈妈说这话的时候，我紧张极了，死死地抓着她的衣角，很怕自己再缩回妈妈肚子里，变成哑巴。村里有个哑巴，我不知道她能否听见我们说话。我每次看见她，她总是在被她的男人打。她男人长得又矮又壮，眼睛还斜吊着，整个人丑得跟水沟里的癞蛤蟆一样，不知道哑巴为什么要跟着他，还为他生孩子，要是换作我，早就跑掉了。

对于哑巴男人打骂哑巴的事，村里没有一个人劝说，更没有谁阻止，就连哑巴娘家也没人站出来说句公道话，一切都好像是天经地义，所有人都熟视无睹。那一刻，村里人集体哑了。我决不能让自己变成哑巴，绝不！

每次妈妈说起我出生时不哭的事时，都会笑得特别开心，可笑着笑着竟然流出了眼泪。我不知道她为什么这样，这有什么可笑的呢，要是我——她唯一的儿子变成了哑巴，她不是更没希望了吗？后来有一天我突然想到，如果我是哑巴，妈妈会不会把我丢到水塘里，然后义无反顾地离开这个人世，不再痛苦。

我的这个想法来得毫无征兆，但我相信它真的有可能在妈妈的心里存在过，否则妈妈不会笑得那么奇怪，笑得让我害怕。每次笑够了、闹够了，妈妈就会摸着我的头说："其实你用不着担心，有阿拉花在就什么都不用怕。"妈妈说我刚生下来时不哭，阿拉花一看，坏了，便在我的小屁股上打了两巴掌，我才不情不愿地大哭起来。

听完妈妈的话后，我很感激阿拉花，是她让我成为正常人的。阿拉花是上海人，到我们村时有五十多岁了。她来之前，我们村里是没有接生婆的，女人们生孩子都要去很远的地方请赤脚医生来。赤脚医生生意好，平时都是病人上门找他，他主动出诊得少，所以对于女人生孩子的事，他不是特别上心。因此阿拉花流浪到我们村后，大伙儿听说她会接生，都劝嫩毛爸爸留下她。那时嫩毛爸爸是大队长，手中的权力很大，是我们村说话算数的人。

在大家的极力建议下，嫩毛爸爸心动了。他摸着光秃秃的大脑袋为难地说："那她住在哪里呢?"村里的婆婆们便说："春花家不是没有男人嘛，让她们住在一起就是了。"春花是我妈妈，她有个好听的名字。嫩毛爸爸便问我妈妈愿不愿意。妈妈那时怀着快要出生的我，很辛苦，很孤单，她想都没想就同意了。这些事都是妈妈在我睡觉前告诉我的，我迷迷糊糊地听着，竟然记住了。

阿拉花本名叫什么没人知道，她总喜欢说"阿拉"，所以大家便叫她"阿拉话"，其意大概就是爱说"阿拉"这样的话，村里人叫着叫着便叫成了"阿拉花"。村里人对外面来的人十分好奇，其说话、穿衣，乃至一个动作，大家都觉得可以成为谈料。不管是否有答案，大家都乐此不疲地讨论着，仿佛不参与讨论，就表示自己没学问一般。在村里，没学问是一件顶没面子的事。村里人极爱面子，他们觉得如果没有面子，活着就没什么意思，尤其是老头儿们，简直把面子看得比性命还重要。这样的事我见得太多了，都不知道从哪里说起，也就懒得说了。

阿拉花对我很好，很喜欢我，有时把我抱在怀里，让我喊她奶奶。我便偷偷地喊，这仅仅为了让她高兴。她一高兴就会亲我的小脸，或者给我讲一些有趣的故事，比如孙猴子是从石头缝里蹦出来的，猪八戒好吃懒做，沙和尚勤劳憨厚等，他们各有各的特点，但都不是坏人，也不是被社会遗弃的人。

阿拉花的很多话我听不懂，但我知道她一定不会在村里住长久，因为她与村里女人们太不同了，她喜欢穿漂亮的衣服，喜欢笑，喜欢唱歌。我常常见她对着墙壁"咿咿呀呀"地唱，还不时地扭着腰肢，迈着碎步左顾右盼。村里女人们经常在背后说阿拉花不是正经女人，说哪有正经女人这么疯这么癫的，迟早会弄出事来。

村里女人们说这些话时，我心里恨恨的，眼睛里全是怒火，看得女人们直发怵，她们便背着我继续说坏话，只是我的耳力特别好，无论她们多么小声，我都能听得见，而且我能感知她们的恶意，所以我常常把她们说的坏话快速地返给她们。我听黑妹奶奶说过，如果某人说出来的坏话被及时地骂回去，那这些坏话就不会应验在被说的人身上，而是会返到说坏话的人身上，这正是我希望达到的效果。

还好事情没有朝坏的方向发展。在我七岁那年，村里来了几辆小车，从车里走出来几个穿着大红大绿衣服的外地人，口口声声说着"阿拉"。除此之外，我一句话也没听明白。阿拉花跟他们很熟，几个人又哭又笑抱了好久，第二天一大早，阿拉花就跟着这群人离开了，说是要叶落归根。

阿拉花的离开，让我知道了什么叫叶落归根，它是指人离开自己出生的地方后，无论中间过程如何，最后还是要回到出生的地方。那时我也想过自己有一天会叶落归根，不过后来我又想到，我生于小村，长在小村，叶和根都在小村，根本就不存在叶落归根一说。

妈妈的病好不了了，我总见她背着我往纸上吐东西。每次妈妈咳嗽前，她都让我到门外站着，说是怕传染我。等妈妈咳嗽结束了，我急急地冲进屋内，便见她把纸快速地塞到枕头底下，等我离开后，她才把纸扔进床边的粪桶里。妈妈真是病糊涂了，我都十三岁了，脑子不傻，眼睛没瞎，手也很利索，她扔进粪桶里的纸，我只要用小棍子挑一挑，就能看清楚纸上的红色，她藏着掖着有什么意思呢？

一天傍晚，我从菜地里回来，妈妈把我喊到床前，说要跟我讲讲话，说再不讲以后可能就没机会讲了。我最怕妈妈说这种丧气话，便故意摆出一副不爱听的表情。可没想到妈妈竟然抬起头，探出身子，伸手把我拉到她面前。妈妈的身体虽然干瘦，手劲却大得惊人，她把我的胳膊捏得好疼，我不得不面对她，不得不好好地听她说话。

"虫儿，你去找这个人，他叫……杨……复……生。"妈妈松开抓我胳膊的手，颤抖着拿出一张老照片递给我。

照片已经发黄了，上面那个年轻男人的半截上身却是鲜活的：长长的脸、大大的眼睛、平头、浓眉，但脸上没有一点笑意，似乎对我很不满意。看到他这副样子，我也同样不满意他。

"我怎么找他，我又不认识他，不去。"我对照片上的男人不感兴趣，我最关心的是妈妈的病。

"虫儿，你去找嫩毛，他知道地址，我曾经托他去寻过，他一直没给我确切的消息，不知是找到还是没找到，这孩子玩性真大。"妈妈的话让我蒙住了，我张大嘴巴望着她那干枯的面容。

那一刻，我甚至怀疑面前这个人是不是我亲妈，怎么连嫩毛一个外人都知道的事，我这个亲生儿子却一无所知，这叫什么事？难道她是我后妈吗？或者我是她从垃圾堆里捡来的，那我亲生父母在哪里呢？

趁我还在发愣时，妈妈便赶紧落了气，眼睛直勾勾地瞪着我的手，我赶紧把照片放在她手上，她用力地抓了抓，才闭了眼。妈妈这么快就落了气，我知道是为什么，她一定是害怕我问她照片上的男人是谁。这个杨复生跟她是什么关系，居然能让妈妈怕成这个样子？

我不知道杨复生是谁，但我以前听到村里女人们说过这名字。女人们说话时总是鬼鬼祟祟的，眼神有一搭没一搭地看着我，仿佛杨复生跟我有什么关系。我愿意听时就偷偷地侧着耳朵听，但更多时候我都是玩自己的。我隐约听到过"犯人"什么的，女人们说话既声音轻又隐蔽，

我耳朵都要累坏了，也没明白是什么意思。

我很想问问妈妈，杨复生是从哪里钻出来的，为什么大家提及他总是一副厌恶的表情，还直往地上吐唾沫，仿佛他是一坨狗屎。之所以想到狗屎，是因为我看见黑妹奶奶踩到狗屎时就是那种表情，当时她狠狠地啐了口唾沫。唾沫黏糊糊的，让我难受好几天。

大家在背后说杨复生的事我没跟妈妈讲，更不敢向妈妈打听。妈妈白天在地里干活，回家后又忙着给我弄吃的，有时深更半夜还躲在被子里哭，我可不想让她操更多的心，更不想她因别人的话伤心。

在乡亲们的帮助下，妈妈草草地入了土。在我们村，老人死后，大家都要将其棺木放在山上存上三五年再下葬，大家都说这样会对后代好，会旺子孙。妈妈还不老，才三十多岁，她虽然有我，但是我才十三岁，没有成年，以后也不知道有没有能力把妈妈下葬，于是村里老人商量过后，决定直接将妈妈入土了，说是一步到位。我头脑晕晕的，只知道哭。

妈妈入薄皮棺材时，身子轻飘飘的，我一只胳膊都能把她抱起来。我很想抱着妈妈大哭一场，可是乡亲们拉着我不让我抱，说死人的身子碰不得，会让活着的人短寿。其实，短寿又有什么要紧的，妈妈入棺的那一刻，我是想跟着去的。那时我想，死亡对我这种无依无靠的孩子来说，难道不是最好的选择吗？有妈妈陪着我，我就不怕被别人欺负，不怕黑夜里的死寂，不怕有妖怪跟着我，但乡亲们偏偏拦着我，我又哭又叫又跳，大家就是不肯放开我，也不让我接触妈妈的身体。

妈妈的薄皮棺材放进土里的那一刻，我心痛得哭不出来了，心中有一种从未有过的绝望。妈妈是我在这个世上唯一的亲人，她生下我，又养大我，她是我的依靠，如今依靠没有了，我该怎么办？

第二章 嫩毛身上有恶魔

嫩毛身上一定有大恶魔！

这是我私下猜测的，可不能让嫩毛知道，否则他会找我麻烦的。嫩毛找麻烦可不是小事，会让人头皮发麻，浑身发抖，接触过他的人没有不害怕的。恶魔的存在让嫩毛变得不可理喻，做事不动脑子，全凭自己心情，这个恶魔就是坏脾气。

坏脾气不知道是谁传给嫩毛的，我猜一定是他爸爸，他妈妈是个可怜人，见人先脸红，半天也说不上几句话，而且说着说着就会拿衣角抹眼泪，向人哭诉自己的苦难，哭自己为什么会嫁到这样的人家来。不过，这样的哭诉还得在嫩毛爸爸不在场的时候，要是嫩毛爸爸在场，他妈妈肯定是低眉顺眼地跟在他爸爸身后，他爸爸让她做什么她就做什么，仿佛童养媳一般。

听黑妹奶奶说，嫩毛爸爸年轻时脾气更大，动不动就骂人，还时常打人，可怜的嫩毛和他妈妈常常充当他爸爸的出气筒和练手沙包。他爸爸心情不好的时候打人，喝酒后打人，就连他们说话声音大了他爸爸也要打人。嫩毛小时候，我们每次见到他，他身上总是青一块紫一块的，脸上常常挂彩，衣服也穿得破烂不堪。当小伙伴们对他表示同情、对他爸爸不满时，嫩毛很漠然地说："没什么大不了的，十年后老子就是一条好汉，到那时我也要打他，要让他哭，让他叫，让他生不如死。"

嫩毛爸爸当了生产队队长后，坏脾气更大了，只要遇到一丁点儿事，便有人要挨他的骂，受他的气。他骂人的方式与众不同，常常是手指着对方的脸骂，唾沫横飞，还专挑让人脸红心跳的话来骂，仿佛不骂这样的话，就不足以显示他的"尊贵"。

瞬间，村民们的隐私全都暴露在光天化日之下，害羞的年轻女人们常常被骂得捂着脸跑掉，而年老女人们则不怕，敢跟他对着骂，骂着骂着，他们就纠缠在一起，你拉着我的头发，我扯着你的衣服，闹得鸡飞狗跳的，就跟戏台上的表演一样好玩。

对于村里的男人，嫩毛爸爸也会骂，但声音和力度要小很多，可能他怕被人打嘴巴子，这是妈妈悄悄跟我说的。妈妈让我能躲他多远就躲他多远，如果实在躲不掉，就低头给他骂，反正我是小孩子，被骂几声也不打紧。就这样，几年队长当下来，村里人对嫩毛爸爸全都不满，大家常常在背后咒他，说他会断子绝孙，死后尸体会被野狗吃掉，骨头都不见一根。

当然，大家说这些话时，都是悄悄地，没人自取其辱地明着与嫩毛爸爸对着干。分田到户以后，嫩毛爸爸神气不起来了，又加上他的背慢慢地弯成了一张弓，见人都没法抬起头看，便再也没什么脾气了。

嫩毛初一时辍学了。他在学校为了一个女生跟隔壁班男生打架，把人家胳膊打断了，男生家长到学校来吵，扬言要找人把嫩毛胳膊也打断，嫩毛吓得再也不敢上学，跑到外县亲戚家躲了好些日子，后来就再也没去学校了。

辍学后，嫩毛做事越来越莫名其妙，他有事没事总喜欢在村里窜来窜去，什么都想弄，什么都敢抓，对什么都好奇。最初，嫩毛的目标集中在野物上，如蛇、泥鳅、鸟等，有的抓来玩，有的抓来吃，还有的只是为了虐待它们。看着那些小家伙不停地挣扎、流血，嫩毛兴奋得整张脸都红了，眼睛闪闪发光，那神情就如偷吃小鸡的野猫一样。

渐渐地，嫩毛对这些野物失去了兴趣，目标开始转向乡亲们家养的鸡、鸭、鹅、猫、狗等动物上。只要是他看上而又能抓到的，无一不成为他的囊中之物。那些小动物被抓过去后，只有少数被嫩毛烤着吃了，其余大多数都成了嫩毛的玩物。他不停地虐待那些小动物。那时，小黄狗还没到我家，否则也难逃嫩毛的毒手。

嫩毛做这些事时，脸上总是露出怪笑，嘴里呵呵地欢叫着，仿佛他干的是一件多么快活有趣的事。嫩毛的这些行为自然遭到我和黑妹的强烈反对，我们忍不住站出来指责他。每当此时，嫩毛要么若无其事地东张西望，视我们如空气，要么红着眼睛瞪着我们，恶狠狠地吼上几嗓子，大骂我们是丧门星、败家子、破货，把我和黑妹吓得目瞪口呆，再也不敢吱声。因为嫩毛骂的这些话，都是嫩毛爸爸骂嫩毛和他妈妈的话，每次他爸爸骂完紧接着会有一顿拳打脚踢，要是我们把嫩毛惹恼了，他会不会也对我们来上一顿霹雳旋风掌或连环腿？我和黑妹都是小细胳膊小细腿的，既跑不快，又不经打，只能闭嘴。

嫩毛在十五岁那年，干了一件让我们想都不敢想的大事。他把他爸爸攒的两千元钱偷偷地拿走，"喂"街上的"老虎机"了。最初，他爸爸不知道钱是嫩毛拿的，慌慌张张地跑到派出所报了案，说家里被小偷"光顾"了，那可是他的血汗钱，政府一定要为民做主。于是，警察便来村里查，查来查去，最后把目标锁定在嫩毛身上，因为他最近花钱大手大脚的，嫌疑最大。

警察要把嫩毛带去派出所，嫩毛吓得屁滚尿流，哭喊着、挣扎着不肯去，但警察可不是他爸爸，也不是我们这些人，哪能他说不去就不去呢。嫩毛被警察拉扯着带到了派出所，到那里没到十分钟，他就老老实实地招供了，承认钱是他拿的。嫩毛以为说出来就完事了，村里人也都这样认为，因为那是他爸爸的钱，不是别人的钱，小孩子拿父母的钱，有什么要紧的呢？

可是大伙儿都想错了，警察并没有放过这件事。他们又是取证，又是宣传，又是调查，又是教育，弄得全镇男女老少都知道这件事了。村里乡亲们更是传得沸沸扬扬的，大家说起嫩毛就会咂嘴，然后莫名其妙地叹气，我听出那里面还有幸灾乐祸的成分。

后来，嫩毛爸爸请人吃饭，既求情又说好话，终于把嫩毛弄出来了。从派出所出来的嫩毛，名声坏掉了，无论走到哪里，别人都会用异样的眼光看他。在我们农村，名声是顶顶重要的事。就是从那时起，我才知道世上还有比金钱更重要的东西，此前我一直认为钱是最重要的，我相信嫩毛也是这样想的，否则他肯定不会拿他爸爸的钱。

世上有些事后悔是没有用的，也没有后悔药可吃。嫩毛偷的钱虽然是他爸爸的，但是他爸爸不知道，去派出所报了案，这件事便有了质的变化。嫩毛的名声从此坏了，坏了名声的嫩毛不可避免地朝深渊滑去，挡都挡不住。

嫩毛在村里待的时间少了，有事没事就喜欢泡在街上的网吧里，偶尔回来在路上遇见我，也是冷冰冰的，仿佛不认识我一般，这让我很难过。我曾主动跟嫩毛打过招呼，他看到我的一瞬间，面容是生动的，眼睛里闪烁着喜悦的光芒，嘴角掠过一丝微笑。那一刻，我想他肯定是想跟我说话的，可不知道为什么，几秒后他又恢复了冷漠，嘴巴紧紧地闭上了，眼睛也斜向了一边。

我觉得嫩毛是装出来的，因为我一直当他是我最好的朋友，我希望他能快乐地生活，像以前一样和我说笑，哪怕大冬天用冷手掐我的脖子，我也不恼。但是嫩毛不是从前的嫩毛了，他朝地上狠狠地吐了一口口水，冷冷地哼了一声，然后转身以最快的速度狂奔而去，地上立刻腾起了一片灰雾。我吓得心提到了嗓子眼儿，怦怦乱跳，直到我进了家门，看到妈妈躺在床上望着我，我的心才落回到肚子里。

不久，嫩毛爸爸筹钱为嫩毛在街上开了一家棋牌室，其实就是赌

场，只不过换了个好听的名字而已，这是男人或男孩喜欢去的地方。我没有去过棋牌室，我没有钱，而且妈妈离不开我。嫩毛在街上混得好，吃香的，喝辣的，还买了小汽车，虽然才几万块钱，但是大家都没车，只有他有，便显得很金贵。

我听村里人说，嫩毛成了街上混混中的"大哥"，不少漂亮女孩都跟在他后面，他们勾肩搭背，十分亲热。由此，我便认为嫩毛跟那些女孩在一起很快乐，他一定会跟其中的某一位结婚，然后生出一两个小嫩毛。可是没等到那一天，嫩毛又被抓走了，罪名是聚众赌博。

不过，半个月后嫩毛就大摇大摆地出来了。

我看到嫩毛的那天，他正由街上往村里来。看到我，他站住了，似笑非笑。他的这种表情我从没看到过，我不知所措，呆呆地望着他，心里盘算着如果他打我，我该往哪个方向跑才能免于挨打。

"小虫儿，黑妹这几天去你家多嘛?!"嫩毛不知是在问话，还是在陈述，我天生愚笨，常常弄不清别人说话的语气。

"是的，黑妹这几天都在我家帮忙。"我没敢撒谎，妈妈去世这几天，黑妹每天都来我家，刚好她奶奶就住在我家隔壁。

"好，好得很。"嫩毛说完朝前走去，与我擦肩而过时，他用右手在我肩膀上重重地拍了两下。在他收手的一瞬间，我看到他中指和无名指都断了一截，心里猛吃了一惊。

我不知道嫩毛说的"好，好得很"是什么意思，只好以无声来应对，并快速地让开了道，好让嫩毛顺利过去。那一刻，嫩毛仿佛国王般尊贵，而我就如劫后余生的小蚂蚁，庆幸自己能够死里逃生。

我猜想，要是我摆出蔑视或者不配合的姿态，嫩毛会不会从口袋里掏出匕首在我身上捅一下。我想会的，因为嫩毛的口袋是鼓鼓尖尖的，而且嫩毛打架狠是出了名的，断指就是打群架的结果。虽然之前我听村里女人们说过这事，但我不肯相信，我不愿把嫩毛与街头那群坏孩子联

系在一起，可看到他的断指后，我不得不相信传言是真的。

嫩毛走出十几步后，我惊讶地发现他后脑勺上居然有一道长长的疤痕，那疤痕就像蚯蚓一样趴在他的头发间，从前面或侧面是看不见的，只有从他身后才能看清楚。这让我感觉有股寒气从脚底透上来，我不由自主地打了个寒战。

嫩毛从我眼前大摇大摆地走过去，不，应该说是趾高气扬地走过去。走出一段路后，他突然快速回头，看到我仍毕恭毕敬地站在路旁，他加快脚步朝前跑去，一边跑一边挥舞着双手，仿佛在跟谁打招呼。我看了看前后左右，并没看到其他人。

等嫩毛消失在路的尽头，我才动了动身体。我清楚地知道，我与嫩毛之间隔了一座难以逾越的大山，我不知道这是由什么引起的，也不知道从什么时候开始的，更不知道这种感觉是否准确，因为这只是我个人的感觉，但要命的是，我的感觉一向很准。

不久，嫩毛离开了镇子，我很想问嫩毛的去向，但又怕惹他爸妈不高兴，终是没有问。

第三章 黑妹走了

"小虫儿，我要走了。"黑妹说这话时，我仍沉浸在悲伤中，妈妈刚去世不久，我还没缓过神来。

"什么？"我木木地望着黑妹。

我发现黑妹脸的两侧长着软软的绒毛，与夏季田野里的稻穗是同种颜色，让我很喜欢。我很想伸手去摸摸她的脸，试试她脸上的绒毛是比稻穗硬还是比稻穗软，但是我不敢，我怕黑妹从此再也不理我了，那我就没有好朋友了。

如果没有亲人，又没了朋友，我想不出活着还有什么意义。说真的，妈妈去世后我动过死的念头，我用妈妈的裤带勒过脖子，可没坚持一会儿便受不了了，只觉得嗓子里难受极了，气也吐不出来，整个人都不舒服。我还想过跳到附近小河里，只是白天那里没一刻安宁，要么有人洗菜，要么有人洗衣服，要么有鸭子满河跑。晚上去小河吧，那里太黑了，我害怕。还有，我总觉得妈妈随时随地地跟在我身边，我只要稍稍动一动，她就会伸手拉住我。真的，我不是说假话，妈妈虽然死了，我也亲眼看见她入了薄皮棺材埋进了土里，但那只是她的身体。

胡思乱想一阵后，我观察了一下黑妹的表情。她眉头微皱，面色潮红，心情似乎不太好。我很想劝劝她，也想问问她怎么了，但我嘴巴比较笨，不知道该怎么问，也不知道要不要问，要是她生气了，转身就

走，那我不是要难过死了吗？所以我决定不多问，黑妹的性格我知道，她是不会跟我藏话的。

"我到外面打工去。"黑妹终于把话说全了。

打工？为什么这个时候出去打工？我妈妈才死没多久啊。我心里极不痛快，只是我很快想到，黑妹与我非亲非故，她想去哪里便去哪里，我有什么资格反对呢？

可尽管如此，我的心还是随着黑妹的话抖了两抖。我不知道她为什么突然决定出去打工，此前我从没听她说过，难道她是想给我突然打击吗？有必要吗？我是多么可怜的人啊。

"你一个人走吗？"我问。我很希望黑妹说"咱们一起走"。

黑妹把头摇得跟拨浪鼓一样，嘴唇咬得紧紧的，眼神忧郁地望着我。她的眼睛又大又亮，像两颗熟透了的黑葡萄。黑妹每次看我总是这么深沉，我猜想她可能是喜欢我的，否则为什么会这样看着我呢？

说实话，我很喜欢黑妹，虽然她比我大三岁，但这没什么啊，村里有"女大三，抱金砖"的说法，我觉得很对。只是我过不了她爸爸那关，她爸爸爱钱如命，恨不得把一分钱掰成两半用。

我很想找黑妹谈谈，想问得更清楚，想知道是不是发生了什么事，为什么好好的要出去打工，在村里生活不是挺好的吗？可自从那天之后，黑妹就再也没来过她奶奶家。我想去找她，但我怕看见她爸爸，也怕看到黑妹的妹妹柳芽。

妈妈死之前，柳芽相中了我家的小黄狗，想要抱走，我没同意。村里人常说"猫来穷，狗来富"，要是柳芽把小黄狗抱走了，那我们原本就很穷的家不就更穷了吗？我和妈妈没钱，好不容易捡来小黄狗，它不嫌我家穷，要是我把它送给柳芽，那我就太对不起它了。再说，小黄狗吃得不多，无论是稀粥还是米饭，它都不嫌弃，我有什么理由把它送人呢？如果那么做，我就是混蛋了。

因为小黄狗的事，柳芽对我很有意见，每次见到我都嘟着嘴斜着眼。要是我去找黑妹，她肯定会拦着，那我不但见不到黑妹，反而会被柳芽羞辱一番，这样不好。

黑妹说走就走了，也没来跟我告个别，可能她以为那天跟我说话就算是告别吧。可我不那么认为，我觉得她应该给我来个正式的告别仪式，至于怎样的仪式才算正式，我没想好，但绝不是那天那么轻描淡写的样子，让我措手不及。

我是第三天才知道黑妹离开的消息的，我气得大哭了一场。我蹲在黑妹奶奶家门口，低头听黑妹奶奶说话。以前我不喜欢听她说话，因为她说话总是颠三倒四的，我听着心里难受，可现在我倒希望她能多说一些。尽管黑妹奶奶会把相同的话说上很多遍，但我现在喜欢听，只要与黑妹有关的，我全都爱听。

黑妹奶奶说黑妹是去城里建筑工地给人做饭，说是大工地，工作是别人介绍的。我追问黑妹在哪个工地，那里安不安全，有没有地方住，离城里有多远，会不会有人欺负她，黑妹奶奶便奇怪地望着我。她瘪着腮，脸上的肉直动，然后揪了一下鼻子，把鼻涕抹到裤角上。

我朝远处移了移，既怕她把鼻涕甩到我身上，又怕她身上的气味。黑妹奶奶身上有一股奇怪的气味，每次我经过她身边都会闻到，黑妹也知道，她跟我说那是死人味儿，人在要死前就会散发出来。

最初我很相信黑妹的话，可后来我便怀疑起来，因为妈妈咽气时就没这种味儿。妈妈的身上虽然不香，甚至还有一股泥土味，但绝不是这种味儿。所以黑妹奶奶现在不愿意多说，我也懒得问。村里老奶奶总是这样，说话表情很特别，看人眼神也很特别。她们看人时眼睛是带着钩子的，能把别人身上的肉挖走。妈妈身上的肉就是被她们挖走的，但我没看到谁身上多长了肉，她们也跟妈妈一样，最后都瘦成了枯树枝。

黑妹是个做家务的好手，烧的菜即便没油也好吃，这我是知道的。

想到她每天给别人烧饭，伺候别人，我心里很不舒服。我知道工地上的人大多是男的，黑妹又不认识他们，他们会不会欺负黑妹？黑妹胆子小，要是房间里有虫或者蛇，她该怎么办？假如城里的太阳比村里还烈，黑妹会不会变得又黑又瘦，变成黑黑妹，那她以后怎么嫁人呢？谁娶她呢？如果她嫁不掉，她爸爸会不会让她嫁给我，让我送许多彩礼？如果我挣不到钱怎么办？黑妹会不会被她爸爸折磨死？……所有这些，都让我吃不下饭、睡不好觉。

其实，我很想跟黑妹一起走。我们从小一起长大，别人欺负我时，只有她愿意站出来帮我说话，妈妈生病时她还帮着给妈妈擦身子。我是男孩子，给妈妈擦洗不方便，虽然我是妈妈的儿子，但终究男女有别，妈妈又很保守，但她倒是不拒绝黑妹来帮忙。

我觉得要是妈妈能够活到老，她肯定愿意黑妹成为我家的一员。妈妈很喜欢黑妹，有时天晚了，黑妹还会睡在我家，妈妈和黑妹睡一头，我一个人睡一头。妈妈喜欢拉着黑妹的手，轻轻地抚摸着，俩人嘀嘀咕咕地说着话，然后一起痴痴地笑。

黑妹走后，我的生活没了乐趣，总有一种没着没落的感觉。

我常常去后山坐坐。后山不高，山上全是老松树，每到夏天树上就有毛毛虫，毛毛虫爬得满地都是，让人根本没法落脚。春天的时候，后山则开满了五颜六色的野花，我最喜欢的是迎春花。

以前上学的时候，每天放学我都拉着黑妹到后山玩，黑妹也喜欢迎春花。这种花在后山长得干瘦，花朵既小又皱，黑妹不满意，我们便去远一点的地方找。

黑妹家没有男孩，她爸爸希望黑妹能找个上门女婿，这话是黑妹跟我说的。我不知道上门女婿是什么意思，便回家问妈妈，妈妈笑着摇摇头说，现在人家生孩子都少，很少有人愿意做上门女婿。

第四章 临行前的仪式

妈妈死后第二天，村里人都知道我将要出门找杨复生。

一大早，嫩毛二爷爷就拄着拐杖颤巍巍地上门来了。他说昨晚我妈妈托梦给他了，要他过来帮忙收拾收拾，他本来没力气动弹，可思前想后，觉得还是要来帮我打理一下，毕竟我们同姓同宗。嫩毛二爷爷很老了，我知道他叫宝根，至于他姓什么，我不知道，如今他说我跟他同姓，那他便也姓杨了。

虽然我觉得自己是男子汉，有能力处理家事，但嫩毛二爷爷是长辈，他来帮我，我还是很感激的。妈妈活着的时候，嫩毛二爷爷一家从没跟我们过不去，虽然跟我们走得不太近，但大家见面都还和和气气的，有时候他们还会把家里的稀饭端一碗过来给妈妈吃。那时，妈妈吃不下别的东西，只能喝米粥，而我又不太会煮。

其实我家并没有重要事情要处理，家里除了两床破被子和三条旧长凳外，就没什么有用的东西了。我把被子和长凳都搬到堂屋了，然后就站在那里发愣。

嫩毛二爷爷到处看了看，问："没有了吗？"

我点了点头，说："没有了。"

嫩毛二爷爷狐疑地看了我一眼，转身到里屋转了转，又进到妈妈房间里，黑着脸抬头朝阁楼上望了望，问："上面有人吗？"

　　我吓得浑身发抖，尿都出来了，还好裤子穿得比较多，没有湿到外面来。嫩毛二爷爷见我没回答，又大声地问了一遍，我只好走过去，把靠在墙壁上的梯子驮出去，放在了堂屋里。

　　嫩毛二爷爷这才满意地点点头，语重心长地说："小虫儿，你要走了，这梯子也用不上了，二爷爷家新做了阁楼，刚好缺一把这样的梯子，这把梯子给我了，就这么说定了。"然后他拎起梯子，大步流星地走了出去，在跨过门槛的一刹那，竟然是跳跃的，身姿轻盈，可之前他进来时，却是弯着腰、喘着气、拄着拐杖的。

　　没过多久，村里女人们便一窝蜂地赶到我家。她们冲进堂屋，把能拿的东西全都拿走了。迟来的人见拿不到东西，便在我家屋里屋外四处张望，有的甚至还趴到妈妈的床底下望了望，最后实在找不到东西了，便把妈妈的几双破鞋给拎走了。我紧紧地抱着自己那几件换洗衣服，没让女人们抢走。女人们做这些事时嘻嘻哈哈的，仿佛这是一件多么有趣的事，吓得我口水都流出来了。

　　傍晚时分，黑妹奶奶来我家，看到我坐在堂屋的地上抹眼泪，她双手撑在膝盖上，弯腰望着我，语重心长地说："小虫儿，你也别怪那些人，你妈妈生病借了人家的钱，你总得给人家一点补偿，是不是？"

　　我停止了哭泣，眼泪汪汪地从裤兜里掏出账本，那上面歪歪扭扭地写着许多名字和数字。我数了数，有三十六个名字，总共两千多元钱，这些钱都是我家欠村里人的。我回忆了一下刚才那些来我家拿东西的女人们的脸，发现借钱给我家的人并没有来几个。我抹了抹眼泪，把账本小心地放进裤兜里。

　　让我感到奇怪的是，在我处理家里的杂事时，竟然没有一个人站出来说是我家的亲戚，如果有的话，我就可以放心地把家托付给他，不，送给他也是可以的。我不知道我家在村里为什么没有亲戚，妈妈在世时我没问过，如今我更不会问了。我从小就不喜欢跟人说话，觉得跟人说

话累得慌。

那时妈妈到田里做事，总是把我往家里一锁，无论我在屋里怎么哭闹都没用。偶尔黑妹奶奶会趴在窗户上跟我唠几句。她会说："可怜的娃啊，要是你爸爸不作孽的话，你和春花就不会如此受罪了。"我听不懂她说的话，常常瞪大眼睛望着她，黑妹奶奶便朝后退了退，说："这娃的眼神，怎么看怎么吓人，我还是回家吧。"于是，我又是独自一人了。

家里没有什么好玩的东西，除了板凳，便是床了。这些东西对我都没什么吸引力，我便只能跟小虫子玩，比如鼻涕虫、蚂蚁什么的，我让它们比赛。鼻涕虫每爬一步都会留下痕迹，它们爬得特别慢，比赛很难分出胜负，还得在地上进行，我弯得腰疼。

还是让蚂蚁比赛好些，我常常让它们在床上爬。要是它们耍赖，我便吐口水淹它们，或者从缸里舀水浇它们，所以我家的被子常常是湿乎乎的。要是妈妈回来问起，我就说是我尿的，谁让她不让我到外面玩的。妈妈常常气得直瞪眼，伸手要打我，但我跑得快，妈妈根本追不上，而且她白天干活太累了，晚上回家就没力气打我了，这让我很得意。

我家里的蚂蚁全是从附近苦楝、槐树上爬进来的，有一股苦苦的气味，我很不喜欢，但是不让蚂蚁比赛，我又能干什么呢。让蚂蚁比赛吧，看着看着，我就觉得自己变成了它们中的一员，跟它们一样快乐。

我最喜欢的还是跟老鼠玩。老鼠跑得快，到处乱窜，想去哪里便去哪里，它们能爬得很高，有时还会爬到阁楼上，但更多时间则喜欢待在墙壁上的洞里。

每次我一个人在家时，老鼠就会从洞里钻出来。它们出洞前先是小心地探出小脑袋，眼睛朝四周打量着，缩着头，用鼻子使劲儿地闻一闻，见外面没有危险，便小心地爬出来，东瞅瞅，西望望。它们并不怕我，有时还跟我抢吃的。我愿意给它们吃，常常把妈妈炒的蚕豆扔几粒给它们。最初它们不知道这是吃的，吓得跳到一边去，我便捡起蚕豆吃

给它们看。过不了一会儿，它们便也跟着"嘎嘣嘎嘣"地吃起来，一边吃蚕豆，一边拿眼睛瞟我。假如我站起来或动一下，它们便"嗖"地窜到洞里。只是时间一长，无论我再怎么动弹，它们也不怕了。我心情好的时候，会逗它们玩儿，如果心情不好，我会朝它们哇哇大叫，把它们全都赶进洞里。这是我的家，我才是屋子的主人，它们有什么资格横行霸道？

没过多少日子，新的麻烦来了，村里女人们竟然到我家窗户底下偷窥我。当我教训老鼠或与虫子说话时，她们就会探出头来，像长颈鹿一样伸长脖子朝屋内张望，仿佛我是一个大妖怪。

"小虫儿，你能听懂老鼠和虫子的话吗？它们在说什么？是不是想吞掉你啊？"女人们好奇而恶毒地问我。

我抬头朝她们看了看，没有吭声。我懒得理她们，如果我说听得懂，她们肯定会问我，它们说过什么话，我是不是跟它们是同类；如果我说听不懂，那情况会更糟糕，她们会认为春花的儿子是个疯子，居然跟老鼠和虫子说话。如今我不理她们，她们顶多骂我几句，骂着骂着，她们便心满意足地回家了，这件事她们能津津乐道好几天。

只是无论我怎么做，等妈妈回家，女人们都会告状，说："春花，你不能把小虫儿放家里，会引来疯魔的。假如小虫儿疯了，你一个人怎么办呢？要是小虫儿被老鼠咬了，就会得鼠疫，那他就会传染给村里人，全村人都得遭殃，你这么做是不是故意的啊？"

女人们总是说来说去的，妈妈不能不理会，于是她再到田里干活时便把我带上。一到田里，我更疯了，四处乱窜，一会儿拔草，一会儿踩苗，一会儿掉进水沟里，妈妈根本无心干活，只好又把我关在家里，直到后来我进了学校，被老师管教着，这种状况才有所好转。

现在想来，妈妈那时候心里肯定很苦，除了干活，还得管着我这个疯疯傻傻的儿子，我挺对不起她的，要不是我这么淘气，妈妈可能会活

得久一些。想到这里，我哭了，哭得很伤心。

我去菜地看了看，妈妈身体好的时候，经常去地里侍弄菜苗。那些菜苗很听妈妈的话，长得肥嫩惹人爱，这常常遭到村里女人们妒忌，她们说妈妈种菜肯定有什么秘方。女人们说得对，妈妈是有秘方的。她常常边浇粪水边低声跟菜苗说话。妈妈说的话我到现在还记得，她说："菜苗菜苗你快长，我天天给你营养，你要给我们母子俩争气。"这些话村里女人们肯定不知道，也不会跟菜苗说，所以她们家的菜长得瘦不啦叽的，风一吹便倒在了地上。

妈妈生病后，菜苗们也开始学坏了，虽然我把妈妈的话原封不动地跟它们说了很多遍，但它们就是不听我的话，全都慢慢地变得"懒散"起来，眼下更是没精打采地趴在地上，见到我也爱答不理的，根本不把我放在眼里。我真想把它们全都拔掉，好让它们知道我的厉害。

说干就干，我立刻弯腰拔起菜苗来。在我拔第二排大白菜时，黑妹奶奶颤巍巍地颠着小脚跑过来，细声软语地跟我说："小虫儿，好孩子，你反正不会种菜了，这块地就让给奶奶种吧。奶奶可没去你家里拿东西，这你是知道的，对不对？"我抬头朝她的脸上看了好半天，又朝她的小脚望了望，就放弃了拔菜。

我站起身来拍拍手，很豪气地说："奶奶，这块地以后就是你的了，这些菜也全给你，不过咱们得先说清楚，假如你在菜地里摔伤了，或者在拎粪水时跌断了腿或胳膊，都与我无关，不能让我赔你钱，也不能到我妈妈坟头告状。"

黑妹奶奶呆呆地望着我，等我大步走出了菜地，我听到她嘀嘀咕咕地说："这小虫儿真是精得很，跟他老子一个样，不讨人喜欢，早走早好，最好再也别回来了。"我偷偷地笑了笑，心中十分得意，想我不回来可不行，我还要叶落归根呢。

我到村前村后转了转。既然我决定要走，总得让村里人都知道这件

事吧。即使他们没有兴趣知道，我觉得还是要说一说，毕竟我去的是城市，那里的生活可不是小村能比的，说不定哪天我一不小心就变成了城里人，就有可能来个衣锦还乡什么的，到那时我就是个人物了。小村里老人占了大多数，没有多少年轻人，他们对我的离开没什么想法，都说"小虫儿你本来就不属于这里，早就该走了"。

我不知道他们说这话是什么意思，是怪我没早走吗？难道我是那么讨人厌的人吗？思前想后，我有些伤心，不过我脸皮厚，又转念想了想，觉得自己最起码比嫩毛好，我既没有偷家里的钱去"喂老虎机"，也没把村里人家的鸡、鸭等抓来弄死，最多只是让妈妈多操心了，所以他们说这些话我不必放在心上，他们爱怎么说就怎么说吧，我又不能拿东西堵住他们的嘴。

我家还有一亩二分田，在大沙河那边，不怎么肥沃，我懒得去看了。妈妈生病后那块田就一直空着，现在肯定长满了杂草。假如有人愿意去种，就让他种好了，我回来也不跟他要粮食了。过去一年里，我和妈妈吃的粮食都是乡亲们给的，这家给一袋红薯，那家送一点玉米面，总之我们没怎么饿肚子。

我仔细想了想，村里女人们虽然爱在背后嚼舌头，喜欢说我的坏话，但在我和妈妈没粮食吃的时候，她们会隔三岔五地送一些过来。由此看来，她们并不是特别坏，只是喜欢看热闹而已。如果我处在她们的位置上，我肯定也好不了多少，谁不喜欢看热闹呢？这么想着，我便不再恨她们了，她们跟我一样，全都是可怜人。跟她们比起来，我最起码还可以去城市看看，她们则只能活在小村里，永远在田里忙碌，面朝黄土背朝天，找不到离开的理由。

这样一想，我的心里便快活起来，仿佛自己已经是城里人了，小胸脯挺得老高老高的，我甚至忍不住笑出了声。要是妈妈活着，看到我这副得意的表情，肯定会给我来上两个嘴巴子，骂我没事孬笑什么，是不

是脑子搭错筋了?!

我做这些事时，都是带着小黄狗的，它是我唯一忠诚的朋友。妈妈活着的时候，小黄狗总是伴随她左右，现在妈妈不在了，小黄狗便与我形影不离，我们有福同享，有难同当。最初，小黄狗是自己走路的，后来我把它抱在怀里，让它感受一下我的体温，记住我的气味。我怕它会很快把我忘记了，那我以后回来就再也没有朋友了。

我还到妈妈的坟前坐了坐。妈妈的坟是新的，坟头垒得高高的，一点都不结实，只要下一场不大的雨，我想坟头就会塌下来一半。我在坟边栽了一棵小叶树，又从附近田野里搬来一些长着花草的土，这样等到下雨时，花草们就会慢慢地往下扎根，陪伴在妈妈左右。

我看了看四周，一片荒凉，我觉得妈妈一定很孤独。我不知道村干部为什么不让我把妈妈埋在我家地里，我家地里土质肥沃，还有妈妈喜欢的菜苗们陪着她。如果妈妈在阴间想种菜了，就可以从地底下爬上来忙碌一阵子，如果想吃菜了，还可以在地里拔几棵菜回去炒着吃，那该多好又多省事啊！

妈妈下葬之前，我曾经向村干部提过这个想法，他们都把眼睛瞪得老大，说哪有这样的事，不可以。我想他们肯定是怕妈妈从地底下爬上来。妈妈活着的时候，村里有些女人就喜欢占我家的菜地，今天挖一大锄头，明天掏两小锄头。如果让妈妈的坟占着菜地，她们肯定会经常看到妈妈的魂灵，再加上想起自己以前的不对，便会被吓得没法过日子了。

呸！我朝着远处吐了一口唾沫，她们全都是坏蛋，爱欺负人。

在我想心事时，小黄狗正打算在妈妈的坟边撒尿。这让我很生气，妈妈在世的时候，对小黄狗可好了，有什么好吃的从不忘记它，妈妈才死多长时间啊，小黄狗就把她忘了，甚至还想在妈妈的坟边撒尿，要不是我驱赶及时，小黄狗就真得逞了。对于小黄狗的无礼，我很生气，不

过很快我就原谅了它，小黄狗是畜生，又是我的朋友，我怎么能跟它计较呢，这不是我小虫儿的风格。

离家前一天，我又去后山看了看。那里看上去很荒凉，没有了我和黑妹，后山就是一座死山，没有什么值得炫耀的资本。我本来想在后山挖一点土带上，可找来找去也没找到适合装土的东西。我要去城市，总得用个好看的瓶子装土吧，这样才不会被城里人笑话。家里虽然有几个装油的瓶子，但是都黑乎乎的，要是带到城里去，假如有人问这是什么，我该怎么回答呢？是说古董，还是实话实说呢？无论哪一种说法，我都觉得不太合适。所以我便做了一个决定：不装了，管他什么故土不故土的，跟我有什么关系?!

账本放在哪里，是最让我头疼的事情！

如果黑妹在村里，我倒是可以把它放在她那里，因为她是我最信任的人，但是她已经出去打工了。那把账本放在黑妹奶奶家呢？也不行。黑妹奶奶不识字，记性又不好，前面答应的事，后面就会忘光光，说不定她哪天没有引火的松针了，就会用账本当火引子。她曾经把柳芽写作业的本子撕下来做火引子，当时柳芽气得直哭，黑妹奶奶还满不在乎地说："那有什么，不就两张纸嘛，有什么大不了的事！"

放在嫩毛二爷爷那里呢？行倒是行，他是认识字的，可假如我回来之前他就死掉了，他的家人会不会把账本跟他一起埋了？农村人对死去的人比较尊重，一旦人不在了，那这个人在世时的东西都要烧掉或跟他一起埋了，所以放嫩毛二爷爷那里也不行。

思来想去，我决定把账本放在柳芽那里，她在读小学，认识了不少字，不会随便撕账本玩。最初柳芽不答应，当我说会给她一个惊喜时，她才鼓着嘴同意了，还说会好好保存账本。柳芽说这话时，直直地望着我的脸，眼睛里全是真诚，我便觉得自己选对人了。

我决定立刻就走，我要去完成妈妈的遗愿，虽然大家都让我等妈妈

"满七"后再走，说这样会对我好，但是我等不及了，妈妈更等不及。她肯定想快点知道杨复生的下落，因为她临终时都惦记着他。我也很想知道这个杨复生到底是谁，我猜他可能是我爸爸，只是妈妈没跟我明说，只让我去找他，我便不知道是不是了。我是决不会问村里人的，我才不愿意把自家秘密告诉他们，妈妈常跟我说"家丑不可外扬"，我觉得很对。

离家时我没有哭，只是有一点忧伤。站在村口，我长叹了一声，这不仅是为我自己，也为妈妈，为我们母子俩这冷清而艰苦的人生。妈妈这辈子活得真的很苦，从我记事起，她就没过过一天好日子，每天都低着头出门，低着头回家，仿佛她头上压着几十斤重物。

我跟妈妈不同，我喜欢蹦蹦跳跳的，喜欢把头扬得高高的，这样我就能呼吸到高处干净的空气，又能让自己开心。我想不出妈妈为什么不喜欢抬起头呼吸干净的空气，可能她觉得自己个子高吧，也许真是这样的，我没问过妈妈，因为跟她讲话特别费力气。她总是在想心事，我问得急了，她就会直愣愣地望着我，眼神幽深得让我害怕。

走出村口，我回头朝后面望了望，虽然知道不会有人来送我，但我就是忍不住要回头，我甚至希望小黄狗能突然出现。其实，这是不可能的，我昨晚把小黄狗作为惊喜送给柳芽了。它原本就是我在路上捡来的，而妈妈又不反对我养它，所以就留在了家里。但是现在情况不同了，我不能带着小黄狗去城市，它会被警察抓走的。我很怕警察，嫩毛被抓时，我看见过警察，他们看上去很厉害，让我心生敬畏。

柳芽很喜欢小黄狗，之前她曾多次让黑妹找我讨要，我都没舍得给她，如今我要离开这里了，也许再也回不来了，所以我得为小黄狗找个好人家。我是把账本和小黄狗一起送给柳芽的，一手交账本，一手递小黄狗。我郑重地叮嘱柳芽，不能不守信用，一定要把我的账本保存好，一定要把小黄狗养好，不能让它受欺负。

柳芽接小黄狗时的表情，跟我看黑妹时的表情一模一样，可见她是多么喜欢小黄狗，这让我很欣慰，也很放心。不管怎么说，黑妹既然不能跟我成为一家人，那么小黄狗能够加入她们家，也算我们两家有了小小的因缘，这没什么不好，我觉得。

第五章　发现大秘密

　　嫩毛并不好找，虽然我问他爸爸要了地址，但嫩毛是个爱游荡的人，上半个月在这个工地干活，下半个月就不知跑到哪里去了，居无定所。他干什么事都三心二意的，我找了好些日子才找到他，我身上仅有的几十元钱都快用完了。

　　找到嫩毛的同时，我还知道了一个让我心痛的秘密：嫩毛居然是跟黑妹一起出来的，现在他们在一个工地上，他们的父母已经同意他俩的婚事了，只不过因为黑妹的年龄不到法定结婚年龄，要等两年他们才能打结婚证。村里不少人都知道这件事，只有我像傻子一样浑然不知。

　　我想起当初黑妹说要离开的时候，我问过她跟谁一起走，她当时嘀咕了一句，我没有听清楚她说的什么。现在仔细想想，她说的应该不是嫩毛的名字，否则我不可能一点印象都没有。我记性再不好，黑妹的事我肯定会放在心上。

　　我是在一个偏僻的工地上找到嫩毛的。嫩毛看到我时很淡定，一点都不惊讶。他朝我脸上看了好几眼，怪怪地笑着，笑得很暧昧，很邪气。难道是看到我脸上长了几个包吗？这有什么奇怪的，我脸上经常长包，有被蚊虫咬的，也有我自己用手抠出来的，还有的是脸上自己长出来的。这由不得我啊，我控制不了它们。还是他看到我嘴唇上方有一圈毛毛？这些毛毛大都是黄色的，只有三根是黑色的，呈三角形。我曾对

着妈妈留下的破镜子仔细观察过，我猜它们可能是胡子。

对于胡子，我一直感到很奇怪，我不知道它们为什么这么快就长了。我原以为只有结过婚有了小孩的男人或者与嫩毛身高差不多的男人才会长胡子，而我这么早就长了，是不是有些不正常？有时我甚至想是不是因为我脸上太脏了，所以它们才会乱长。我之所以这么想是有根据的。我知道墙角那些又黑又臭的地方，经常会长出又高又大的植物，我猜想我的脸可能经常被我的脏手乱摸，所以比较"肥沃"，毛毛就长得快些吧。

当然，这些只是我的胡思乱想，我不知道真相是不是这样的。妈妈活着的时候，这些毛毛并没有长出来，妈妈离开才多长时间啊，它们就跑出来了。难道它们看我是没妈妈的孩子，也想要欺负我吗？我不知道。现在我真的猜不出嫩毛望着我的眼神到底是什么意思。

"你找不找他，其实都无所谓。"在我发愣时，嫩毛把一张纸条"啪"地打在我手里，说了一句不痛不痒的话。

纸条皱巴巴、黏糊糊的，估计他揣在身上很久了。我抻开纸条快速看了看，看到上面歪歪扭扭地写着一些字。我没敢仔细看，因为嫩毛在旁边盯着我呢，我不能让他没休止地望着我的脸，那样也许会让胡子越长越多。我抬起头来朝嫩毛的胡子看了看，顺便狠狠地剜了他两眼。他长得比以前更强壮了，胳膊上全是肉疙瘩，一块一块地挤在一起，看上去很有力量。他的下巴长出了黑黑的胡子，脸的两边也呈青色，我知道那是胡子茬。我的软胡子跟他的胡子比起来，简直不能称为胡子，只能算毫毛，这让我很懊恼，也很生气，我为什么比他差呢？

更要命的是，在我跟他面对面讲话的时候，他身上散发出只有成年男人才有的气味，气味还很浓。我使劲儿闻了闻，想要辨别一下真假。可闻着闻着，我竟然闻到了黑妹的气味，这让我心慌意乱起来。我猜想嫩毛肯定抱过黑妹，最起码摸过她的手，否则他身上怎么会有黑妹的气

味，难道他们的气味相同吗？这不可能！他肯定抱过黑妹。

黑妹在家的时候，我也曾想过摸她的手，还想过抱抱她，但每次我只能想想，从来不敢真的动手，而嫩毛竟然这么大胆，是谁允许他这么做的？一定是他强行这么做的，黑妹一定不会同意的。想到黑妹被他拥抱时难受的样子，我心里的怒火不停地往上蹿，但是我的眼睛一点儿都不争气，一阵阵地发酸。

其实，我是一个胆小的家伙，一生气便想哭。以前还有妈妈劝我，现在妈妈走了，就没有人管我了。我使劲儿把眼泪憋回去，坚决不让嫩毛看到，否则他会乐得脸上开花的。他一直都瞧不起我，觉得我胆小怕事，没有他胆大。

这个该死的家伙！我一直当他是好哥们儿，没想到他居然抢我喜欢的黑妹，我这辈子都不会原谅他。他们将来如果有孩子，肯定不长屁眼，或者脸上长有难看的胎记，我在心里恨恨地诅咒着。

我诅咒的时候心里带有隐隐的不安，一方面我喜欢黑妹，希望她的孩子是健康的，可另一方面我讨厌嫩毛，他的孩子自然要被我诅咒。一个喜欢，一个讨厌，当这两个组合在一起时，我的情感就不知道该在哪里落脚了，矛盾在瞬间泛滥开来，我的身体不停地发抖，眼泪慢慢地溢出了眼眶。

"看你这没出息的样子，动不动就掉猫泪，真没劲。"嫩毛在我肩膀上使劲儿地拍打了一下，然后笑着大步朝工棚走去。他走路的样子太难看了，左右摇晃，张牙舞爪的，看起来就如狼狗一样张狂，仿佛这整个工地都是他家的。

"我没有掉眼泪，我是被太阳光刺着眼难受了。"我抹了抹眼泪大声地吼道，并朝前追了几步。

"没有就没有，没时间跟你啰唆，你想去就去吧，懒得管你。"嫩毛大步走进了前面的工棚里。

"还说懒得管我，那刚才跟我说找不找都无所谓干什么，我要你管了吗？不要脸的家伙！在家里偷你爸爸的钱，那是人做的事吗？现在居然嘲笑我流眼泪，要是我把你的老底全给兜出来，看你还能不能在这工地待下去，还能不能大摇大摆地跟我说什么猫泪？

"我流眼泪我喜欢，我想流就流，信不信我还敢在你碗里撒一泡尿让你喝。哼！要不是看在你二爷爷帮我处理过家事的份上，我非让你吃不了兜着走。我小虫儿也不是好欺负的，你以为城市是你嫩毛的家吗？还有黑妹，你凭什么娶她，你哪里配得上她？虽然你长得高一些，壮一些，但你有钱养她吗？不要脸!"

"说我不要脸，那你有钱养她吗？"不知道为什么，突然有一个声音在旁边反驳了我，我朝四周看了看，没看到人。难道是嫩毛的魂灵在跟我说话？我吓得再也不敢吭声了。

我舔了舔干渴的嘴唇，把嫩毛给我的纸条塞进贴身衣袋里，大步朝大门方向走去，我要在嫩毛出来之前离开这里。

刚离开没多久，我就看到了黑妹，她正和一个干瘦的中年女人从大门口进来，手里还拎着两大塑料袋东西，看上去十分吃力。与在村里时相比，黑妹白了不少，也长得好看了一些，胸前像塞了两只小皮球。她这个样子我一点都不喜欢，我还是喜欢她原来的样子，黑黑壮壮的，那才是我熟悉的黑妹。

"小虫儿，你怎么来了？是来找我的吗？几时来的？怎么没见到我就要走了啊？"黑妹见到我很高兴，没有一点不好意思。我想她早就忘记我了，亏我还天天担心她。

"我找嫩毛有点事。"我望着黑妹，发现她肚子大了好多。

她该不是怀上娃娃了吧？想到这里，我更恨嫩毛了。

嫩毛算什么东西，他说找不找杨复生都无所谓我就不找啊？我偏要找，而且一定要找到，让他生气，我凭什么听他的话？

"你妈妈的事你也不要太难过，人死不能复生，日子还是要过下去的，你要好好的。"黑妹说这话时眼睛红红的，不过我觉得她是装的，她如今有了嫩毛，肯定开心得要死。

"我把小黄狗送给柳芽了，你有空回去时，让柳芽对它好一点，不要让别的狗欺负它，它还没长大。"我边对黑妹大声地嘱咐着，边往外大步走去。

"小虫儿，找不到那个人，记得要回村里去，你的小黄狗会想你的。"黑妹在背后又追着说了一句。我听出她的声音有些哽咽，听她话里的意思，她竟也知道我此行的目的。

小黄狗会想我？是了，在村里我没有亲人了，只有小黄狗跟我最亲，它不想我就没谁想我了。这么想着，我的心口又开始疼起来了。妈妈死后我以为再也没有什么东西能让我难过了，没想到小黄狗却成为我最后的牵挂。

我大口大口地喘着粗气，飞快地跑出工地大门，拐到一个隐蔽的角落里。我用力地擦去脸颊上的眼泪，心就像被尖刀挖过一般疼。妈妈死的时候，我都没有这么难过，那时我想着还有黑妹在我身边，我心里有些许安慰，如今黑妹跟了嫩毛，这让我难以接受。

我、黑妹和嫩毛曾经那么要好，虽然偶尔我们也会打架，也会对骂，但每次黑妹都站在我这边，帮我说话。嫩毛偷钱的时候，黑妹对他更是反感得要命，说他不争气，她永远不会理他，但是如今他们却走到了一起，难道黑妹之前说过的话全是骗我的吗？她是不是本来就喜欢嫩毛，却在我面前装着不喜欢，让我跟着她一起偷偷地骂嫩毛？我记不清自己骂过嫩毛什么了，但肯定骂了不少坏话，黑妹当时听得咯咯地笑，还说我骂得好，说嫩毛就该骂，那时我还挺得意，认为自己做得对。

如今他们在一起了，黑妹会不会把我之前骂嫩毛的话全都告诉嫩毛呢？肯定会的！怪不得嫩毛刚才看到我，是那么一副怪怪的表情。他肯

定恨死我了，也许他认为他之前所有的坏运气都是我骂出来的。他会不会报复我？我刚才还在奇怪，嫩毛怎么会说找不找杨复生都无所谓，原来是黑妹把我说过的坏话都告诉嫩毛了。

想到这里，我感到无限悲哀。我活得真的很失败，从小就没爸爸，长到十三岁又没了妈妈，现在连最喜欢的黑妹也背叛了我，那我活着还有什么意义呢，不如找个地方了结了算了。

我朝四周看了看，这里除了人和车外，就是房子和马路。路上人来车往，大家全都行色匆匆，我不知道他们急着去干什么，但肯定比我活得有意义。他们最起码有家人，有父母兄弟，有亲戚朋友，而我没有亲人，没有朋友，什么都没有。

我到什么地方去死呢？又该怎么死呢？

我想跑到汽车前面去撞一下，但是我怕撞不死自己，而且怕给别人增添麻烦。妈妈活着的时候就说过，人在世上不要害人，不要给别人增添麻烦，每个人活着都不容易。假如我撞在别人的车子上死了，那么于我是一了百了了，但开车的人就会倒霉，会被警察抓起来坐牢。

几天前，我曾经看过一起车祸，有个老爷爷撞在了一辆开得很快的车子上，他当时没死，后来被救护车带走了。警察过来把驾驶员和车子一起带走了。我不知道那个驾驶员后来怎么样了，但我想他的麻烦肯定少不了。我可不想给人家增添麻烦，那样妈妈会不高兴的。我到城市的这些日子，总觉得妈妈一直跟在我身边，我走到哪里，她就跟到哪里，现在她就在我耳边劝我别做傻事，别给人家增添麻烦，所以我不能去撞车。

那我去投河吧，只是附近哪里有河呢？我对这个城市不熟悉，不知道河在哪里。我在附近找了找，没看到河，便找了个角落坐下来。我想把头撞到墙壁上，可是妈妈不让，她一直在旁边抱着我的胳膊，在我耳边不停地骂我，骂我没用，骂我忘记了她的话，骂我忘记了小黄狗。

对，我还有小黄狗啊，小黄狗那么黏我，它应该不会背叛我。它是在我家最穷的时候来的。那时，它被几条大狗咬得浑身是血，我用木棍和石头把大狗赶走了，小黄狗便跟在我后面。我担心妈妈不喜欢它，便想办法赶它走，可它不肯，我走它也走，我停它也停，我只好把它抱回家了，还好妈妈没反对，说小黄狗虽然小，但还是懂得好歹的。

妈妈同意我收留小黄狗，简直让我喜出望外，我抱着小黄狗直亲。事实证明，小黄狗一直伴随我左右，是我最忠实的朋友，直到我把它送给了柳芽。

那天，我把小黄狗抱给柳芽时，小黄狗还不知情，等它明白自己即将更换主人时，我早就跑开了，随后我听到它嗷嗷的叫声，听上去很凄凉。傍晚时分，小黄狗居然跑了回来，我喂了一点饭给它吃，又硬着心肠把它送了回去，之后便没见它再回来了。我猜想可能柳芽把它关起来了，否则它肯定还会再跑回来的。

我不知道小黄狗过得好不好，不知道柳芽会不会一直对它好，虽然柳芽很喜欢小黄狗，但这只是暂时的。柳芽会长大，迟早会有喜欢的男人，她出嫁时，不可能把小黄狗带到婆家去，那么小黄狗怎么办呢?

所以我肯定还是要回去的，我得在柳芽出嫁前把账本和小黄狗都要回来。账本记录着我们家欠村里人家的债，小黄狗则记录着我和妈妈的苦难，它们都不能丢。

第六章　我的腿受伤了

从小村来到城里后，我找了一些临时工做。整工别人是不给我做的，因为我年龄不够，又没有身份证，就是这些零散的工作，也是别人看我可怜，才让我做的。由于我读书不多，脑子反应又不快，不知道怎么处理一些紧急情况，不能把事做得很好，最后我总是被老板生气地炒掉，这让我越来越怀疑自己从村里出来是不是正确的。

最初在从小村出来的路上，我打算以后跟在嫩毛后面混。他力气大，会打架，会来事，跟着他肯定不会吃亏，说不定他还能保护我。虽然自从他偷钱后，我们基本没有过交往，但我内心里始终把他当成我的好朋友。可自从知道他和黑妹在一起后，我就有了另外的打算。现在就是打死我，我也不会跟他们在同一个地方做事，更不会再跟嫩毛说话，他太令我生气了。妈妈在世的时候，经常说我小心眼，爱生气，那时我还不肯承认，如今我终于认识到了这一点。我确实有些小心眼，不过这要看什么事，如果嫩毛把我喜欢的黑妹抢走，我还跟他称兄道弟，那我还能算是人吗？

有那么一刻，我曾想过去街头乞讨，这个相比找事做来说，要简单方便得多。可是当我看到街头伸手乞讨的人，要么缺胳膊，要么少腿，没一个正常的，而在不远处总有一两个恶狠狠的男人在盯着他们时，我便熄了做寄生虫的念头。我害怕那些人看到我跟他们抢生意，跑过来把

我打伤或是打残，那我这辈子就没希望了。我看不起那些靠控制残疾人来赚钱的家伙，也决不让自己落到他们手中。

我还想过跟在那些我不认识的工头模样的人后面找事做，可旁边有好心人提醒我说，别跟在那些人后面，那些人看上去很老实，其实心肠坏着呢，会把像我这么大的流浪孩子带到山里老煤窑，如果去了那里，就永远出不来了。听了好心人的话，我的心怦怦乱跳，暗自庆幸自己没有冲动做傻事。

我还想过偷点东西去卖，赚一点轻松钱。我也真的到商场里转过几趟，不过我很快发现许多商场都安装了监控器。要是被保安们当场逮住，被暴打一顿是少不了的，搞不好还要被送去公安局，关进黑屋子，这是我最害怕的，我不喜欢失去自由。我小的时候，妈妈出去做事总是把我锁在家里，面对窜来窜去的老鼠和趾高气扬从我身上跳过的蟑螂，我恐慌无比。如今我长大了，要是让我因为一点钱失去自由，我是坚决不干的。我宁愿辛苦点，也不能让自己进黑屋子。如果进了黑屋子，妈妈让我找杨复生的事就泡汤了，那么妈妈在地底下都会骂我的。每次妈妈骂我，我的头就疼得厉害，要是妈妈天天骂我，那我还不得天天头疼，那可不行，我最怕疼了。

我终于找到了第一份工作，是在离开黑妹后的第三天。有个工头急着要用人，当时我正蹲在青城市劳动力市场外的角落里。我是不敢明目张胆地站出来吆喝的，因为我年龄小，虽然个头不算矮，但身体单薄，别人一眼就能看出我涉世不深。别人怕用我，怕上面查，怕惹麻烦。大部分时间我只能在一旁等着，看到有合适的人我就上前跟他谈，告诉他我已经十八岁了，只不过因为家庭贫困，吃得不好，所以发育不良，长得瘦小一些。那份工作我干得还算满意，只是没多久我就被辞掉了，因为上面来人检查，不允许用童工，虽然我说自己不是童工，但我没有身份证来证明，最终还是没保住那份工作。工头给了我一百元钱，这使我

没有陷入绝境。

几天后，我又找到一份工作，还是做临时工。自从在工地找到第一份工作后，我的目标就定在了建筑工地，我想不出哪里还有更适合我容身的地方。在这个城市里，我把角角落落都寻了一遍，发现做什么事都要有本钱，而我身上没有钱。妈妈临死前曾给我三十元钱，我早就用完了，肚子饿得很了，我甚至在街头垃圾筒里捡过吃的。

做第一份工作赚的一百元钱，我也快用完了。那时在工地上吃饭是不要钱的，但是离开工地后，所有的钱都要自己掏。在城市里生活，除了空气不要钱，其余的东西基本都要钱。住的地方我倒是不担心，现在天气热，在墙角就能凑合一晚。但吃饭是省不了的，我正在长身体的时候，每餐吃两个馍很快便消化掉了，而我又买不起其他东西吃，所以我的肚子常常饿着，这让我迫切地需要钱。

我的这份工作主要是用小推车运送砖，就是把堆在大门口地上的砖运到建筑工地里面，因为施工场地比较小，大货车进来不方便，只能人工运送。这运砖的活是计量给钱的，运一块砖给两分钱，运一百块砖给两元钱。我不知道别人是不是这个工钱，也曾向工头提出工钱可不可以高一点，比如运一块砖给五分钱。

工头不同意，说我还没有成年，之所以用我是看我跟他同乡，又是孤身一人，很可怜。他让我不要蹬鼻子上脸，不要提太高条件，要是给上面的人查到，他是要被重罚的，搞不好就要丢饭碗。听他这么说，我便无话可说了，因为我知道国家确实不允许用童工，我不能总是为难别人，如果妈妈在这里，她也不会同意的。

第一个星期，我每天大概能运五百块砖。我算了算，每天大概可以挣到十元钱，那么一个月下来我就能挣三百元钱左右，对我来说这是一笔巨款。妈妈活着的时候，我身上从来没装过钱，家里也没有钱，妈妈死后我身上有点钱了，但从没超过一百元钱。如果有了三百元钱，那我

就能支撑很长时间。这里的饭菜是免费的，对我来说简直是神仙过的日子，我还有什么不满足的呢？所以我得拼命地干，争取多赚钱，有了钱，我就可以去找杨复生了。如果让我饿着肚子去找杨复生，我可走不动。

到第二个星期，我就没有第一个星期那么有精神了，每天只能运三四百块砖。推车这种活看上去简单，最初也能推得很快，可时间长了，体力透支得厉害。工地的伙食很差，饭倒是不少，可菜真的很不像样，比妈妈烧的味道差多了，每天不是烧白菜，就是煮萝卜，要么就是两个一起炒，然后添一点红通通的辣椒面，看不到多少油星。我觉得是烧饭的人克扣了菜钱，烧这么难吃的菜给我们吃。

连续干了两个星期后，我感觉耳朵里总有小蜜蜂在"嗡嗡"地叫。第三个星期的第一天中午，我推着推着就头脑发晕，那些砖头不可避免地砸向我，我惨叫着倒在了地上。工友们七手八脚地把我从砖头下抢救了出来，又喊来了胖工头。胖工头看着躺在地上不能动弹的我，叫来两个工友把我扶到工地附近的诊所里。

在我进诊所前，胖工头先进去了，过了好一会儿，他才黑着脸出来让我进去。医生先摸了摸我的腿，又用一个小木槌轻轻地敲了敲。随着他的敲打，我的腿不自觉地动了几下，医生便望着我，神情闪烁地说："这个伤没什么大不了的，只是一些皮外伤，没伤到骨头，只要涂点药，包扎一下，休息几天，应该就没什么事了。"

从诊所回到工棚后，胖工头让会计给我支了四百元钱，说是我这些天的工资和医药费，让我另谋高就，他不能再收留我了，但是允许我在工地再住两天，算是人道主义援助。我望了望胖工头那肥硕的大脑袋和矮胖的身材，没敢吭声。虽然我身体单薄，年龄又比他小不少，但若真动起手来，我未必打不过他，可是我害怕他会报复我，找地痞来把我打残，然后把我丢到没人知道的地方，让我被街头行乞的那些幕后操纵者

抓住，那我这辈子就完了。

胖工头走后，我躺在工棚硬邦邦的铁床上，想着以后的日子该怎么过。再过一个月，我就十四周岁了，村里有钱人家的孩子在我这个年纪都在上学，没钱人家的孩子也会出来找事做，有的甚至开始学着谈恋爱，而我却在城里的夹缝里，像无头苍蝇一样到处乱窜。腿上的伤可能没什么大碍，没有伤及骨头，但表皮破了，火辣辣地疼。之前伤口在诊所处理过了，也消过毒了，但由于天气太热，伤口发炎了，散发出一股浓浓的腥味。我真担心伤口里会长出白白的蛆来，那才是真正可怕的。我从小就怕蛆，每次大便我都不敢去厕所，而是在粪桶里完成。妈妈当时就笑得要死，说没见过我这样胆小的，哪有男孩子连蛆都怕的，那小小软软的东西有什么可怕的，用脚踩一下就全都没了。可我就是害怕，没办法克服，所以我得想办法，把眼前的难关渡过去。

突然，我的脑海里闪过一个可怕的念头：或许我可以在这伤腿上做点文章。这么想着，我立刻有了主意，我一瘸一拐地向工棚外面的拐角处走去。外面的阳光正烈，虽然前几天才下过雨，但现在又热烘烘的，不知道这么热的日子什么时候是个头。即便是这样的日子，我也不能在这里等几天。胖工头说过允许我再待两天，两天之后我就得卷铺盖走人。在这个人生地不熟的城市里，我继续寻找着，等待着，祈盼着有奇迹发生。

远处的工地上，我亲爱的工友们正在脚手架上忙碌着。他们有的戴着安全帽，有的没戴。大家都在埋头干活，黄汗淌，黑汗流，没有谁问这是为什么，为什么他们一年到头拼命地干活却拿不到几个钱。他们只知道死干、苦干，到月底会从工头那里领回一些钱。领到钱后的某些晚上，会有一些工友跑到路边那些低档美容店里，一部分红票子就从他们口袋转移到别人的钱包里，他们身上就会所剩无几。周而复始，贫困就像女妖一般，时时缠着工友们，让他们没有办法摆脱。

在离工棚十几米的地方，烧饭的婆婆正朝这边慢慢地走过来。她右手拎着一大篮衣服，左手拿着一个大棒槌，像是要往这边水龙头来。走了几步，她停住了，向右边转去。不久，她又站住了，朝我这边看了看，似乎又想朝我这边来，可还没走几步，她又转到大门方向去了，估计是觉得外面的河水更干净。

附近公园里有一条小河，那里的河水清澈，工友们会在晚上没人的时候下到水里洗澡，我也曾经去洗过，婆婆可能去那边洗衣服了。婆婆不过来最好了，这样便减少了我跟她周旋的麻烦，要是我一时忍不住，犯下傻事也未可知。我手里有一个小刀，刀虽然不大，但是要对付一个年老体弱的婆婆，还是绰绰有余的。

工棚附近的大树旁，一条大黑狗懒洋洋地躺在阴凉处。它被链子锁着，如果不锁着，看到我受伤的腿，估计它会对我突然袭击。我曾经看过它与外面的野狗打架，那架势就如恶狼一样，把那只野狗打得落花流水，只有招架之功，没有还手之力，仓皇而逃。

大黑狗朝我不屑地看了看，用鼻子使劲儿嗅了嗅，然后把头伏在前腿上，继续吐着长长的舌头，半闭着眼睛，似乎很享受当下的时光。这让我想起了前几日看到的场景。

那天傍晚下工后，我和工友们闲着没事，就站在门口看过往的行人。白天我们没有时间闲逛，只有傍晚才会在工地附近走一走，遛一遛。六点半左右，一个漂亮女人走过来，头发烫成了大波浪，耳垂下吊着两个金闪闪的漂亮圆形大耳环，上身穿着红色紧身小背心，下身穿着黑色超短裙，胳膊、肩膀和脖子等裸露的皮肤都很扎眼，白花花、明晃晃的。她在我们眼前不停地游来荡去，仿佛一条搁浅的美人鱼。要不是漂亮女人手里牵着一条恶狠狠的藏獒，估计真的会有工友冲上去。常年孤身在外的工友们的欲望就如烈火一般炽热。那条藏獒长得可真威猛，雄赳赳气昂昂地走在漂亮女人身边，架子端得比我们胖工头还要大。我

想，平日里它肯定吃得极好，如果它跟我一样天天吃着烧白菜、煮萝卜，估计它也跟我长得差不多，瘦得跟猴似的。

我不能冲动，我还要找杨复生，妈妈还等着他的消息呢。这么想着，我使劲儿闭了闭眼，朝远处蹒跚而去。我要去找纸条上写的地方。

第七章 别墅里的咳嗽声

我收住脚，并拢双腿，将身体藏在高大的泡桐树后，努力将自己与树干贴在一起，紧紧地，柔软地，就如爬山虎紧贴墙壁一样，这样做的目的自然是避免被人发现。

此刻，我穿的是深色衣裤，加上我个子不高，藏得又很隐蔽，被人发现的可能性便大大降低了，这暂时减轻了我的担心，让我有心思去观察前面那幢掩在树丛中的别墅。别墅有高大厚实的围墙、牢固精致的铁栅栏，虽然门和锁都是锈迹斑斑的，但也不能掩盖它曾经的繁华和富丽。围墙附近全都是植物，它们杂乱地纠缠在一起，枝枝蔓蔓向外延伸着。那些植物中的大部分我似曾相识，但我一时叫不出名字。它们全都绿油油、翠嫩嫩的，既肥壮又新鲜，要是村里的老牛来，一定会吃得肚子溜圆，再也不愿意回到村里去的。

别墅外墙是乳白色的，平整如镜，我视线所及的地方就如奶油般滑腻，更如新生儿皮肤一般嫩白瓷滑，让我心生无限温暖。我喜欢新生儿，他们就如天使一般纯洁无瑕。还有那几扇大铁窗，虽然看上去不太干净，但是我喜欢那种淡绿色，它让我想起了春天的草地，嫩嫩的绿意、淡淡的清凉，这种涂法我在乡下没见过。

别墅大门前放着两只石制的野兽，我不知道它们是狮子还是老虎，因为站得远，我看不清它们的模样，只看得出大致的气势。它们张牙舞

爪，比我家小黄狗要凶得多。我知道这种摆设是用来镇邪的，我们乡下也有，只不过不是凶猛的野兽。

我家以前的房子门前就有一对大条石，每个都有好几百斤重，四四方方的，很厚实。条石的好处比野兽多，既可以用来镇邪，又可以用来休息。以前妈妈在田里干活回来，就坐在上面休息。她脱下黄球鞋在条石上用力地摔打，将上面的泥土摔掉。不过那房子我好久没去了，不知道大条石有没有被人搬走。

夜幕降临了，远处的路灯亮了起来。小虫子们突然长了胆，狂乱地叫起来，此起彼伏。嘈杂的声音让周围的一切变得不真实起来，让我怀疑面前的不是房子。如果是房子的话，它怎么会这么安静呢？难道它不是用来住人的吗？如果不住人，那造房子又是干什么用的呢？难道是用来养猪、鸡或鸭吗？那也太奢侈了吧！再说了，这里并没有家畜，也没有要养家畜的迹象。我想来想去，终究没有想明白，索性就不想了。

我从树下蹑手蹑脚地走出来，来到大铁门外的角落里，手和头都贴在铁栅栏上，眼睛透过铁栅栏，静静地望着里面，希望能找到蛛丝马迹。夜晚的光线不太好，我不能总朝一个地方细看，因为盯着盯着，那地方就会有东西变成我心里最害怕的野兽，"嗖"地一下纵身就要扑到我的面前来。

所以为了避免这种事情发生，我把眼睛如探照灯般晃过去，不一会儿又晃回来，这样即便在那片刻的停留中，真有什么想象的东西奔出来，我完全可以视而不见，不让自己一直处在恐慌中。在这晃荡的过程中，我发现墙壁拐角处有些斑驳，不少地方还趴着灰蒙蒙的苔藓，有风吹过时，便簌簌地掉灰。

附近的地上，一个破塑料袋在晚风中呼啦啦作响，仿佛有人在生气地掼东西似的，将夜晚催得着急起来，我的心也跟着颤动不已。我真想跨过铁栅栏，直奔里面看个究竟，看看屋内的人长什么样，是不是我想

象中的模样，是不是照片上那样的平头，还是跟黑妹奶奶一样老了，走几步便歇一会儿，捶几下老腰。

屋内的灯光很暗，仿佛被什么东西蒙着、盖着，时隐时现，若有若无。我侧耳听去，似乎有人在说话，但更多时候是沉寂的，泛着冷清的气息。我在这里观察两个星期了，除了看到过一个中年女人和一个年老的保洁员外，就再也没有见过第三个人。中年女人穿着花花绿绿的衣服，一边挂得老长，一边又露出肉来，最初我看得莫名其妙，后来我在大街上走了几回，发现大家都穿成这样，也就不觉得奇怪了。

中年女人走路的动作总是很大，高跟鞋的跟又高又细，走起路来又重又响。我不知道在没人观看的情况下，她为什么还穿那么高的鞋，那鞋跟有中指那么长，而且还很细。她大幅度地扭动腰肢，不知道累不累。作为旁观者，我都替她累得慌。难道她不怕跌倒吗？要是真倒下去，我猜她不能自己爬起来，非得有人来拉她才行，可这里只有我，如果她摔倒了，我不知道自己会不会去拉她。

保洁员五十多岁的样子，短发，小眼，大脸，矮胖，身材精壮，衣服紧而皱，仿佛粘在身上一样。我猜她的家境肯定不好，她那身衣服要么是她妹妹的，要么是她家孩子的，反正不太适合她。她的精神异常好，走起路来急匆匆的，一脚紧追一脚，仿佛要把前生没走的路都给走回来一般，又仿佛有恶狠狠的野兽在她屁股后面追，她非得这么走才能甩得掉。

保洁员在周六下午三点左右过来，打扫完卫生就六点多了。这时，中年女人就会走出来吩咐她什么。我站得远，听不见她们讲了什么话。说完话后，中年女人会把保洁员送出来，然后把大铁门关上，再进到别墅里面去。

二十多分钟后，中年女人会拎着小包扭着腰肢走出来。我已经看清楚她的样子了，长脸，红唇，细腰，个子高挑，穿着花衫和黑裙，表情

是那么高傲，头使劲儿地朝上仰着，目不斜视。

我见过的农村女人都不是这种样子。那些乡风"喂大"的女人们，皮肤都是黑黑的、粗糙的，屁股大而宽，走路也是低着头，仿佛害怕一不小心就会得罪谁似的。她们没有城里女人那么大胆开放，动作也没有城里女人那么夸张。像眼前中年女人这样的身材，在农村并不被看好，也不被我看好，黑妹那样的才更让我喜欢。

离我藏身地方不远处有一条小路，是用石子铺成的，呈现出一朵朵花的形状。那"花"看上去就如我们家后山上的映山红，又像黑妹家门前的桃花，一朵一朵，蹦跳着向远方跑去。只不过它们不是红色或粉色的，而是黑白相间的，这便使得这条路显得有些诡异。我总觉得它们都能说话，都在向我张着嘴、眨巴着眼。

为了避免不必要的麻烦，我尽可能不走那条石子路，我怕走着走着，那些"花"就会从我的鞋底下钻进我的衣服里，然后钻进我的身体里，那才真正要命呢。说实话，我很害怕妖怪，也怕鬼魂，我怕它们会附在我身上。以前在村里我偶尔会听老人们讲故事，他们讲的故事大都与鬼有关，说的那个恐怖可怕是难以想象的，尤其是在夜晚，更让我心惊胆战，不敢出门。我胆子之所以小，估计就是那时候被吓的。

中年女人总是走在那条小路上，她从不走小路边上的那些土路，我知道她是怕弄脏她的鞋。她的鞋很好看，被弄脏了确实有些可惜。在中年女人经过小路时，我必须要找高大的树躲起来，像上茅房一样蹲着，双手还得贴在树干上，这样我就不会因为听到她的脚步声而被震倒。她走路的声音太大了，我觉得肯定是有原因的。难道是因为她害怕吗？

在村里时，我害怕的时候就会大声地唱歌，或大声地叫喊，这样我就不再害怕了。中年女人之所以把鞋跺得这么响，目的应该也是为了减小恐惧吧。不过，无论她出于什么原因，我都得闪到一边，等着她"嗒嗒"地消失在很远的地方，才敢伸出头东张西望。我捶着自己酸胀的

腰，恼怒不已。

雨，淅淅沥沥地下起来，打得树叶噼里啪啦作响，顺带将我也浇了个透。我的头发湿了，衣服也湿乎乎地贴在身上，原先的凉爽慢慢地变成了清冷。我用左手摸了摸右手，两只手都是冰凉冰凉的。右腿又开始痛了，我不知道它还能支撑多久，也不知道这样撑下去有没有意义，但是我不能放弃。我要知道答案，这是我答应妈妈的，我不能就这么轻易地放弃。

周围变得黑乎乎的，手伸出去好半天，我才能看见自己原来还长着手指头，而不是像心里想得空无一物，就如我是真实存在的，而不是被什么东西凭空造出来的一样。

远处，青蛙不停地"咕呱咕呱"叫着，声音时大时小。

近处，无数不知名的小虫子争先恐后地吵闹着，一声高，一声低，一声长，一声短，这个世界仿佛是它们的，而我不过是万物的点缀而已。

我重新来到墙脚下，缓缓地蹲下身子，在地上摸了摸，终于摸到一块半大的石头。我用力将它摆平，塞到屁股底下，想要坐一会儿。我在这里站了好长时间了，都忘记自己是什么时候来的了，疲劳几乎让我忘了来这里的目的了。

在塞石头的过程中，我触到了地面，一个软软的东西立刻就想搭上我的手背，我吓得一蹦三尺高，就差狂奔了。定了定神，我听见地上"嗦嗦"地响了几声，想来应该是那个东西离开的声音。我没敢再在原地待下去，我不知道那是什么东西。

蚯蚓？鼻涕虫？还是蛇呢？

想到最后一种时，我的身体立刻僵硬起来，感觉有什么东西正沿着我的腿缓缓地爬上来，凉冰冰、冷丝丝的，我终于忍不住"啊"地低叫着冲了出去。当我心神不定地跑到另外的地方把自己安顿下来后，我伸手摸了摸小腿肚子，上面光溜溜的，什么东西都没有。

　　那个东西不知是在我奔跑的过程中掉下去了，还是根本就没有爬到我身上来。想来想去，我都没想明白，最大的可能是由于我心里害怕，以至于总觉得有什么东西爬到身上来了。

　　雨停了，空气里弥漫着一股泥土的腥味，这与乡下没什么两样。我对这种气味说不上喜欢也说不上讨厌，因为它并不会因为我的好恶而改变，所以我就不必对它过于在意，我只对住在别墅里的人有兴趣。

　　不知过了多久，我看见屋内的灯亮了起来，有个男人将身体探出窗外，并用手在空气中划了两下，又朝天空中看了看，接着便把窗户关上了。不久，我听见一连串的咳嗽声，这是一个男人的声音。咳嗽声时大时小，时高时低，间或还传来低低的喘息声。

　　难道他生病了吗？

　　立刻，我的心揪了起来。我把耳朵紧紧地贴在铁栅栏上，想要听得更清楚一些。与此同时，我心中的疼痛泛滥开来。这个咳嗽的人会不会是杨复生？我要怎么做才能进到别墅里？这真是件伤脑筋的事情，我得好好琢磨琢磨……

第八章　罗佰是谁

当我从疼痛中苏醒过来时，我赶紧朝旁边看了看，我看到了淡绿色的墙壁，看到了窗外的树木，看到了那个半开半闭的窗户，看到了那些枝枝蔓蔓，心中不由得大喜过望，这正是我所希望的结果。真的，我很害怕睁眼后发现自己还睡在地上，或者被扔在垃圾堆里，那样我的计划就全泡汤了。

"你伤得很重，要不是我发现了你，你就死了，或者被狼狗拖去吃了。"说这话的人并不是照片上的那个人，我的失望和恼怒便一起冲出来，我真想抬手在对方脸上狠狠地来上一拳，然后逼着他把我放回原处。

可是我不能那么做，虽然我书读得少，但是不仁不义的事我做不出来。我虽然穷，但我还没有丧失良知，这个人在我受难的时候救我，我应该对他感恩戴德才对，怎么可以对他产生抱怨的心理呢？要是妈妈在世，肯定又要对我说教一番。我虽然不喜欢听别人说话，但是妈妈说的话，我不能不听，因为妈妈给了我生命，又独自养大了我。

坐在我面前的是一个漂亮的年轻人，圆脸，大眼，皮肤光滑而白皙，见我抬眼望向他，他高兴地抓住我的手，惊喜地说："太好了太好了，你真的醒了，我刚才还以为是回光返照呢。你要是死了，我的工夫就白费了。"

"你是谁？"我很虚弱地问，声音又低又无力。这回我可不是装的，

现在我真的很累很疲倦，从昨天早上到现在，我没吃过一口东西。我身上没有钱了，除了妈妈给我的那张照片外，我一无所有。

"你的小名是不是小虫儿？"年轻人兴奋地望着我问。

"是的，我的小名是小虫儿，你怎么知道的，我在梦里跟你说的吗？"我一边回答对方一边又提出自己的问题，这样我俩算是平等交换，谁也不欠谁的。

"我能掐会算，你信不信？"年轻人笑着问。

我摇了摇头，小声地问："我不知道，我要怎么称呼你呢？"

妈妈以前跟我说过，在跟陌生人说话时，要先把对方的姓名问清楚，这样后面说话时加上一个称呼，就不会显得没礼貌，没教养。

"我叫白扬，大伙儿有的叫我小白，有的叫我名字，你叫我白扬或白扬哥都可以，我无所谓，不计较这些礼节。"年轻人笑着朝旁边看了看。

"白杨？是白杨树那个白杨吗？"我记得我曾经看过一篇文章叫《白杨礼赞》，那里面写的白杨都长得高大挺拔，就如眼前这个年轻人一样好看。

年轻人笑了笑，摆摆手说："不，不是那个白杨，'白'是白天的'白'，后面一个字是扬起手来给人一巴掌的'扬'。"

"yáng 起手来给人一巴掌的'yáng'？"我重复了一遍，觉得很好笑，这个人肯定喜欢打架，否则哪有人这么介绍自己的。

我念书不多，老师教的那些字我忘得差不多了，所以对扬起手来给人一巴掌的"扬"字没什么印象，只是觉得对方的自我介绍很有趣，便笑了笑，然后茫然地望着他。年轻人大概看出了我的尴尬，伸手在我的掌心写下了一个"扬"字。我的掌心被弄得痒痒的，我忍不住咧了咧嘴，将胳膊往回缩了缩。

"你怕痒啊，哪有男孩子怕痒的，你以后肯定怕老婆。你可能不知道吧，你伤得很重，是不是有人打劫你啊？"白扬说话一惊一乍的，可能武打片看多了，想象力比常人丰富。

听他这么一说，我在心里笑死了，但表面上装作傻傻地望着他，没有说一句话，甚至也没有任何表情在脸上表露出来。我不知道自己应该说什么，我只读了几年书就辍学了，字虽然认识一些，但总是读错，写的字也不漂亮，说话自然也就没水平，要是随口乱讲，万一说漏嘴了，那这段时间的辛苦就白费了，痛也白挨了。

"你长得很英俊，我喜欢英俊的人。"白扬说。他说话真讨人喜欢。

"英俊"这个词文绉绉的，意思我懂，就是"长得好看"的意思，只是他说的是我吗？我朝四周看了看，没发现有其他人，便知道白扬真的在说我无疑。可是我能算英俊吗？顶多算不丑而已。在村里，我从没听到有人夸我。村里女人们说得最多的是我妈妈，说我妈妈年轻时长得很好看，是村里的一朵花，可惜运气不好，嫁错了男人，所以一直受苦，红颜薄命。

我没见过妈妈年轻时的模样。她应该是有照片的，但她一张都没给我看过。那个杨复生却有照片在妈妈的手里，他的照片为什么会在妈妈那，这是一件让人奇怪的事情。如今白扬说我长得好看，我立刻就想到了妈妈的那张脸。黑妹奶奶说过我长得像妈妈，可妈妈在我眼里就是一副干枯的模样。如果说她是一朵花，那她肯定是失了水的干花。于是，我的脸上立刻火辣辣地烧起来，头也不敢抬。

"哈哈，男孩子居然这么害羞，你真是奇怪，既怕痒，又害羞。你以前没听别人说过你长得好看吗?"白扬哈哈大笑起来。

"没……没有，我不喜欢跟别人讲话，没什么可讲的。我喜欢跟小动物玩和讲话。我……我不是害羞，只是不知道该怎么说话，我怕说得不好你会生气。"我抬起头望着白扬，下意识地摸了摸伤腿。腿仍在火辣辣地疼，只不过没有之前那么难受了。我看到腿上缠着白色的绷带。

"你的腿伤得可不轻，伤口面积很大，血糊糊的，看得我心惊肉跳的，差点晕倒。附近没有医院，我只能把你带回来安置在这里。我给你

用酒精消了炎，又用纱布包扎了，问题应该不是太大。这里条件简陋，只能凑合凑合了。"白扬有些抱歉地说。

"是你救的我吗？我有没有把你的衣服弄脏？"我瞪着眼睛问白扬。像他这么爱干净的城市公子哥儿，躲我这个乞丐般的人应该就像避开垃圾一样，怎么会来救我呢？我不太敢相信。

"不是我，是罗伯。"白扬的话让我头脑发晕。我睁大眼睛傻傻地望着他，大脑在飞速地搜寻着，可没有哪个角落里曾闪过一点儿罗伯的影子。难道是那个咳嗽的人吗？我不认识他啊，他怎么会救我呢？我在心里猛地打了一个寒战。

"罗伯也住在这里吗？"我轻轻地问白扬。

"罗伯嘛，这可是个秘密，不能说。"白扬卖起了关子，嘴里呵呵地笑着。

我盯着白扬，觉得他在故作神秘。其实这是一个多么简单的问题啊，只要答"在"或者"不在"就得了，没什么难的。白扬为什么不跟我说呢，难道是怕我报恩吗？罗伯会不会就是杨复生呢？如果是，那他肯见我吗？听白扬这话的意思，他摆明了就是不想见我，但我必须要见到他，我得问问为什么他的照片会在妈妈手里。

"白扬哥，你住在这里吗？"我摇了摇头，让大脑清醒了一些，又抹了一把脸继续问。

"我住在别的地方，这是罗伯的房子，我有空就过来看看，偶尔也会住一晚。你如果有什么需要，可以告诉我，我给你买来。平时这里没人住，你就暂时住在这里。不要怕，这里很安全，没人会来打扰你。"白扬说完话就一动不动地盯着我，视线在我的双手间来回打转。

我知道白扬是在看我的左手。我左手的无名指断了一截，这个断指让我很自卑，不认识的人肯定以为我是打架斗殴致残的，但其实不是这样的。妈妈说我小时候玩老虎钳夹伤了手指，当时妈妈在田里忙碌不在

家，回家看到我哭才知道事情不妙，就赶紧带我去了医院，医生检查后说必须截去一半手指。我是到懂事以后，才知道自己的手指与别人不同，这让我很难过。我曾经想找什么东西来代替手指，可找来找去都没找到合适的代替物。日子久了我也适应了，反正少一截手指也没给我带来太多不便，但是回头率居高不下却是真的，比如现在白扬就死盯着我的左手。我不知道他是什么意思，赶紧把手往回缩了缩。

"罗伯是谁，他为什么要救我，难道他认识我吗?"我看出白扬不愿说，但我仍试图了解得更多一些，否则我冒着生命危险到这里来还有什么意义呢?

"你还没告诉我，你被谁打的，我找警察去抓他们。我有朋友在派出所当领导，你有什么事都可以找我，我能帮你摆平。"白扬并没有理会我的问话，自顾自地说了下去。

"没谁，我自己弄的，你信吗?"我很想说是谁谁打的，但是我在青城认识的人不多，也就嫩毛、黑妹和一些工友，我自然不能把污水泼到他们身上。要是他们真被警察抓走了，那我的良心会永远不安的，所以我老老实实地把自己供了出去，我知道白扬肯定不会相信的。

"你傻啊，脑子进水了才会害自己，我才不相信你会弄伤自己，你小小的年纪倒还挺幽默的。"白扬笑了笑说。

"我之前感觉有女的在跟我说话。"我望着白扬的眼睛说。

"女的? 对，那是香姨，她偶尔会来这边看看。这里虽然很冷清，但是空气非常好，能让人变得年轻。"白扬笑着站起来朝外面走去。

我没吭声。白扬说得对，我的脑子真的进水了，已经分不清是非黑白、善恶美丑了。我很希望自己变成一条疯狗，看到人就咬，看到肉就吃，管他三七二十一呢。不过这样做，对我来说很难，因为从小到大，妈妈总是要我做善良的人，做好人，就是自己活得再难，都不要害人，因为人在做天在看，是非公道自有分说。她还说，假如有谁做了坏事，

自己没受到报应，那就会报应到他的下一代头上。虽然我还是个孩子，但也许我将来会有下一代呢，所以我不能说谎，不能做坏事。

白扬说的香姨，会不会就是我看到的那个中年女人？当我在想这个问题时，旁边有个东西惊天动地地喊叫起来。我低头一看，原来是一个乳白色的圆球状闹钟。这闹钟看上去滑滑的，很干净，现在它的指针正慢吞吞地走着。

我没有再胡思乱想下去，见白扬还没进来，我细细打量着自己栖身的地方。这间房子有十来平方米，房间里除了一张床之外，还有一张桌子，桌子上堆着一些旧报纸，房间角落里有一把小椅子，上面放着一个托盘，托盘里还有一些棉纱之类的东西，棉纱上面还沾有血迹，估计是白扬给我上药时弄的。

我不知道这间房子是别墅的第几间，我很想爬起来看看，但是伤腿在时时提醒我，我现在是个病人，不能随便出去。要是被白扬发现我伤得不严重，他很可能会把我赶出去，那么我又会面临着饿肚子的危险。说实话，我不喜欢过着被人鄙视的日子，虽然在村里也没有谁瞧得起我，但是我从小在那里生活，我熟悉那里的情况，别人待不待见我都没有关系，我都能活得下去，可是在这个陌生的地方，如果白扬把我扫地出门，我又有伤在身，那我真有可能沦为乞丐。

想了想，我把刚刚欠起的身子又躺了下去，并保持着白扬离开时的样子，这样白扬进来就不会发现我曾经起来过，就不会对我产生怀疑。我不知道白扬为什么对我这么好，难道是杨复生叮嘱他的吗？不对，他说救我的是罗伯，房子也是罗伯的。难道杨复生改名换姓了吗？

我从贴身的口袋里拿出妈妈临终前给我的那张老照片，杨复生正一动不动地望着我。他的表情比我第一次看到时要生动一些，眼睛仿佛要说话似的。难道他知道我来了吗？还没等我把问题想清楚，外面便传来了重重的脚步声，我猜可能是白扬来了。

"你吃点面条吧，这里没人住，条件不行，等明天我去外面弄些菜过来，就可以给你开个小灶了。"白扬笑着说。

白扬动作真快，才一会儿工夫，他就端来一碗热乎乎的面条，虽然只是方便面，但对我来说足够了。现在我肚子里就像藏着一只饥饿的青蛙，早就在"咕呱咕呱"乱叫了。

我很想说点什么表达自己此刻的心情，比如"谢谢"或是"你真好"之类的，可是不知怎的，舌头一直在嘴里打转，一句话都没说出口。

吃下一碗方便面后，我的肚子就没刚才那么饿了，但是方便面里的辣椒又让我的胃不舒服，我便趴在床上直哼哼，这回可不是装的。

"我去隔壁给你拿点胃药来，我这里什么药都有，就是没有医生——其实我就是半个医生。"白扬说完笑着站了起来，并把方便面的盒子拿在手上。

我赶紧坐了起来，抚着心口摇摇头，小声地说："不用了，白扬哥，我从不吃药。在家的时候我也经常胃疼，没什么大不了的事，要不了多久就会好起来的。"

"是吗？那你身体可不是太好，怪不得这么瘦。眼下你正是长身体的时候，要是营养跟不上，你就会长不高，如果太矮了，就可惜了你这张漂亮的脸了。"白扬似笑非笑地望着我。

我的脸立刻又火辣辣地热起来，今天被白扬连续夸奖了两次，我真是有些不适应。要是妈妈在地底下知道，她应该也很高兴吧，她肯定没想到她的儿子还会有优点。不，妈妈肯定会笑话我，说："那些夸你的人是在笑话你呢，你长得干干的，就跟芦柴棒一样，哪里能跟漂亮扯上什么关系。"所以还是不让妈妈知道为好，我把喜悦留在自己心里，慢慢地高兴吧。

第九章　半夜说话声

我在别墅住下了，虽然白扬说这是罗伯的安排，但他迟迟不告诉我罗伯是谁，那我就不管了。只要能进来我就高兴，就有机会知道想知道的一切，哪里还管他是"萝卜"还是"白菜"。

白扬不在的时候，我会跛着脚到处走一走，看一看，找一找，看能否发现自己感兴趣的东西，看我想找的那个人在不在里面。那天在铁栅栏外我曾看见一个男人伸出手探雨，并听见过他的咳嗽声，这一切都表明房子里住着人——一个隐秘的男人。现在这个人去了哪里呢？这里虽然从外面看上去很大，但上下总共也才八个房间，除我睡的这间小一些外，其余每个房间都很宽敞，不过门都是关着的。从窗户朝里望去，我发现房间角落里摆放着一箱箱东西，虽然我看不见里面是什么，但我感觉应该都很值钱。

我对东西不感兴趣，只想知道这里的主人到哪里去了。难道他知道我要来就藏起来了吗？这不太可能，我又不是什么大人物，再说我的所有行动都是在暗中进行的，根本不可能有人知道，除非那个人钻进过我的脑子里，或者一直在监视我。

前前后后，上上下下，所有房间我都找过了，没见到一个人。除了我之外，这座房子就是一座名副其实的孤房，不，死房！在这里，我再次闻到了死亡的气息，就如我那天晚上在门外偷窥时的感觉一样。

白扬每天按时来给我送吃的，有时会带那个中年女人一起来，还让我喊她香姨。我曾经在外面远远地看见过香姨，现在重新看到她，感觉她看上去要更老一些，更胖一点，胸部的肉总是晃动着，仿佛要跳出来似的。

香姨对我很冷漠，眼睛不看我，也不跟我讲话，只远远地瞟了我一眼就移开了。我很想去看看她离开后会干什么事，可无奈我的腿真的很疼，走不了太多的路。我这才发现近两天我的腿突然又肿起来了，比刚进来时还严重一些。

白扬不是给我消过炎了吗？为什么腿还会肿得这么厉害呢？难道腿要跛了吗？这是跛之前的症状吗？想到这儿，我心中万分不安。如果没有了一条腿，那我以后怎么生活呢？去乞讨吗？那可不行！要是给嫩毛和黑妹看到，我会羞死的，那还不如杀了我。

"小虫儿，我问过医生了，你要平躺着休息，不能不停地活动，否则你的腿伤会越来越严重的。"白扬也发现了我腿的变化，对我提出了善意的警告。

"我没怎么动啊，只是在房间里走了走。我整天躺着，屁股疼，背膀子也疼，全身都不舒服，我怕屁股生疮。我妈妈那时生病后很少动，后来生了疮，很不容易好的。"我小心地解释道。

白扬松了口气，点点头说："那就好，屁股疼也要忍一忍。你是小孩子，新陈代谢快，短时间内不会生疮的，你不用担心。你要静静地养着，这样要不了多少日子，你就会好起来。如果你到处乱动，那不知道什么时候才能好，难道你想一直跛着吗？"

"我不想跛，丑死了，我要到处跑。我会听话的，以后再也不乱动了。"我赶紧点头保证。

我可不能让自己一直跛着，万一时间长了真的变成了跛子，那我的生活就会变得更糟。还好第二天白扬给我送来了一张旧轮椅，说我着急

的时候，可以坐着轮椅在房间里转一转。这让我很开心，白扬真是我的好哥们儿，我越来越喜欢他了，甚至把他当作哥哥一样来喜欢。我的这种情感来得有些奇怪，不知道为什么，我就爱这样，比如在村里时，我常常把嫩毛当作自己最喜欢的哥哥，虽然他曾经也做过一些错事，但是都不影响我对他的好感。

我想这可能与我从小没有兄弟姐妹有关。我常常把对我好的人想象成自己的亲人，这样我的内心便有了一种依靠。这种感觉我从来没有跟别人说过，就连妈妈也没说过，我怕妈妈笑话我。妈妈生病晚期，跟她说话太费劲儿了，她常常一个人在床上嘀嘀咕咕地说着什么，具体内容我不知道。我想她肯定是在跟死人说话，因为她的眼神看上去那么迷离，就连我站在她身边她都没察觉。看妈妈老这么做，我也会模仿她，时间长了，我们都变得很沉默，这样一来，我们母子俩都活在各自的世界里。我们偶尔会有交集，但这必须是在我们都清醒的时候。

白扬不在的时候，我会坐着轮椅四处转转。楼上我没去，我不能把腿再弄得肿起来，那样就不知道猴年马月才能好起来了。楼下所有房间我都没听到有人走动的声音，只有许多大大小小的箱子，完全不像是一个正常的家，倒更像是一个仓库。

我觉得很奇怪。这里应该是有人的，白扬与那个香姨总到这里来又有何用意呢？现在他们又把我安顿在这里，每天来送吃送喝，难道仅仅是为了做好事吗？我得先把这个弄明白，这也许跟我想找的杨复生有某种关联。

"你为什么对我这么好，我们又不认识。"这天白扬是单独来的，我忍不住问了这个问题。

"对你好还不好吗？你是不是想让我把你扔出去？"别看白扬年龄不大，为人却精明得很，他的这个回答让我有些不知所措。

"我是说……你妈妈会同意你来帮我吗？"我笨人有笨办法，这么问

白扬，他即使不回答，我也不损失什么。

"谁？我妈妈？我多大的人了，又不是跟你一样大的小孩子，还整天被妈妈管着吗？你怎么突然问起这么奇怪的问题？是不是每天在这里很孤单？"白扬愣了愣，眼神怪怪地在我的脸上瞄了瞄。

"嗯，很孤单，不过我习惯了，只是晚上有些害怕。那个经常跟你一起来的漂亮香姨不是你妈妈吗？"我是故意这么问的，我想套白扬的话，即使套不出来，也可以了解得多一点。

"香姨不是我妈妈，我爸爸妈妈早就死了。"白扬说这话时神情有些黯淡和落寞，与我之前看到的他完全不同，这让我产生了疑惑。

"那你是孤儿吗？我也是孤儿，我妈妈也死了，我没有爸爸。"为了弥补刚才的冒失，我赶紧把自己的身世吐露出来，想和白扬套套近乎。

"你妈妈也死了吗？"白扬对我妈妈的死很感兴趣，这让我有些不快。

"死了。"我低下头，声音也随之低了下去。我想起了妈妈临终前的样子，心口又疼了起来。

"你妈妈什么时候死的？"白扬的兴趣还没从我妈妈身上移开，这倒是一件很奇怪的事，他到底想干什么？

"有段日子了。她生了很重很重的肺病，身体一天天变差，后来经常吐血，慢慢地就不行了。临死前，妈妈让我去找一个叫杨复生的人，还说我见到他，他会告诉我一切。我给你看他的照片。"我从贴身的口袋里摸出了老照片递给白扬看。我对白扬百分之百地信任，否则我是不会给他看照片的。

"杨复生？这个名字似乎在哪里听过。"白扬接过照片看了看，陷入了沉思，这让他那张好看的脸显得有些严肃。

"你认识杨复生？"我激动得跳起来，抓着白扬的胳膊摇晃着。

"哎哟，小虫儿，你弄疼我了，你个子不高，劲儿倒不小。"白扬那张漂亮的脸上泛着红色，抱着胳膊直叫唤。我忍不住朝他的胳膊看了

看，发现他手腕上方有几个伤疤，感觉像是烟头烫的。

"你这些伤是怎么弄的？"我呆呆地望着白扬的手腕问。

白扬低头看了看手腕，轻轻地笑了笑，说："没什么，有时心情不好，便烫着玩。"

我吓得目瞪口呆，还有人在心情不好的时候烫自己玩，这也太变态了吧，难道不怕疼吗？我也有心情不好的时候，我会生气，会上蹿下跳，会大喊大叫，会拿小鸡小鸭们撒气，但我绝不会在自己身上动手，那样太对不起自己了。

"小虫儿，你刚才问我什么？"白扬把长袖衬衫袖子上的扣子扣好，将伤疤藏在衣服里面，然后微笑地望着我。

"我是想问你在哪里看到过杨复生，他是干什么的？"我的注意力被成功转移，回到之前的话题上。

"我只是说我好像听过这个名字，现在被你一逼问，我什么都忘记了。"白扬笑着往后退了几步，在椅子上重新坐了下来。

"那你好好回忆回忆，要是想起来了，就赶紧告诉我。"我没敢再追问下去，看白扬那样子也不像是在说谎。

"好吧，我好好帮你想想，想起来就告诉你。你不要逼我啊，我这人性子急，被逼急了便什么都忘记了，我有健忘症倾向。"白扬看了我一眼，低下头去整理裤子。他今天穿的裤子是纯白色的，很挺括，加上他的腿很长，看上去非常有型。这样的衣服绝对不适合我穿，虽然在某个刹那，我也曾想象着那身衣服穿在我身上的情形。

那天白扬走得很晚，他说要好好陪陪我，这让我感到很意外，也很高兴，因为我真的太寂寞了。我害怕夜晚，害怕妖魔鬼怪。在村里的时候，村里老人总说自己看见了鬼，还说得活灵活现的，让我不得不相信有鬼。更重要的是，这两天我总听到奇怪的声音，不是那天晚上的咳嗽声，而是一种奇怪的嘈杂声。我曾经半夜摸出门去看，但什么都没有找

到，这让我尤为恐惧。

我真的怕鬼。妈妈死之前，黑妹奶奶有一天悄悄地拉住我，说村里有人下半夜出门时，看到我妈妈的魂灵在到处乱窜，而且还哭，让我做好准备。我当时并不相信，说不可能，但这话说过没多少日子，妈妈就真的死了。从那以后，我就相信了鬼魂的存在，所以当我独自在别墅睡觉时，我总觉得有鬼魂在我旁边荡来荡去，其中还有妈妈。我很想跟妈妈说话，不过想到她已经死了，我感觉毛骨悚然，于是把头蒙在被单里，眼睛闭得紧紧的。

以前妈妈在世时，我喜欢睡在妈妈的身边，那样就不用担心有鬼来缠我了。村里老人曾经告诉我，鬼最喜欢缠小孩子，因为小孩子力气小，不能拿他怎么样。那时因为有妈妈在，我并不怕鬼，反正妈妈会帮我挡着，妈妈会跟鬼拼命的。妈妈死后，我怕夜晚，更怕下雨天。我每天晚上都蒙着头睡觉，只有把头蒙起来，我才觉得安全一些。后来到城里睡外面，我也是选择有路灯的角落睡，这样我就不会被鬼缠住。到这里以后，我每天晚上睡觉都是开着灯的。

我把这些话跟白扬说了，他立刻大笑起来，但眼神里却露出一丝怯意，眼睛飞快地朝门外扫了扫。没坐一会儿，他就起身告辞了。当时我那个后悔呀，真的恨不得给自己几个嘴巴子，要是我不跟白扬说鬼，他肯定会坐得更久一些。

白扬走后，我就把门关上了。没睡多久，我听到外面有脚步声，我赶紧把灯给关了，这样即使有鬼来，他也看不到我在哪。虽然我知道鬼是怕亮光的，但我考虑不了那么多，我只求鬼不要"光顾"我这里就好，我只是一个穷孩子，没有值钱的东西。

在我关灯没多久，脚步声便越来越近，听上去不是一个人，而是一群人。脚步声并不是太重，但是因为这个地方很安静，我的心里又极害怕，便觉得那声音十分大，十分恐怖。我从床上爬了起来，蹑手蹑脚地

走到门后把门闩扣死了，然后用桌子和椅子抵住门。我不能让鬼进来抓我，这个地方没有别人，鬼若来了，肯定要抓我，然后吃掉我。我蹲在门后，浑身直哆嗦，不敢深呼吸，也不敢弄出任何动静。

外面的脚步声停在我房间的门前。鬼在拧我的门把手，一下，两下，都没拧开，然后便有脚踹在房门上，门还是没开。门当然不会开了，我从里面扣死了，下了保险栓，并用身体死死地抵住了。

"妈的，白扬这小子，搞什么鬼名堂？"一个男鬼在说话。

"别这么大声，这里住着一个乡下流浪儿，白扬在大门外捡来的，还说是罗伯让这个孩子住这里的，谁知道是不是。"一个女鬼的声音，我听上去很熟悉。

"这事我怎么不知道，谁让他随便带人进来的？"男鬼变得恶狠狠的，声音里带着怒气。

"哎呀，只是一个小屁孩儿而已，人都在这了，就别说了，省得白扬那小子跟咱们斗气。"女鬼劝道。

"白扬越来越不听话了，我得给他点颜色看看，否则他还蹬鼻子上脸了。"男鬼愤怒地低吼着。

随着说话声，有一股我熟悉的香水味传过来。外面的说话声低了下来，嘀嘀咕咕地说着什么，估计都跟白扬有关，因为我听到他们提到好几次白扬的名字。我很想弄清楚他们说什么，但他们的声音太小了，我必须贴在门上才能听到。可是我不能贴在门上，因为我是站在椅子上的，要是我一不小心倒在了地上，那两个鬼不就发现我了吗？我听嫩毛二爷爷说过，鬼是能飞的，走路脚不沾地，我即使跑得很快，也根本无法跑得过他们。我又在椅子上等了一会儿，等脚步声完全没有了，才从椅子上下来，抖抖索索地爬到床上，浑身像筛糠一样，每个毛孔都在冒冷气，鸡皮疙瘩布满了全身。

我把头蒙在被单里。被单上有浓浓的汗味，这是白扬前天送来的，

说是他以前用过的，本来他准备去商场买，但商场关门了，没买成，让我不要介意。我当时就很奇怪，难道商场白天也关着门吗？哦，对，白扬去的时候应该是晚上。我记得商场是在晚上八九点才关门的，我曾经在商场的门外观察过，那里有空调，他们关门后我就铺一张旧报纸在附近的地上睡觉，商场门缝里便有冷气飘过来，我就可以凉爽一些。

白扬为什么偏要晚上去商场呢？他是去偷东西吗？不，不可能！

白扬穿得那么好看，长得又干净，不可能去偷东西。他有钱，我曾经见他拿出过钱包，里面装着好多红红绿绿的票子，我从没见过那么多钱。其实，我要不要被单都无所谓，虽然别墅里比城里凉一些，但是并不冷，我光着身子睡也行。

这两天我又发现了一件奇怪的事情，就是我这房间里经常有一股凉气冒出来，中间还夹杂着奇怪的香味。我曾经以为是我没吃完的东西散发出来的，后来我发现不是，这种香味比我吃的东西香多了，简直让我流口水。这香味是从哪里来的？

白天的时候，我曾上上下下都看过了，没发现有什么，除了那些箱子外，这里没什么好吃的。难道是那些箱子里面装着好吃的吗？这让我心里痒痒的，但我还是没敢去打开那些房间的门，因为白扬让我不要随便乱动，而且那些房间门上都有大锁锁着，房间里面又都是昏暗的，估计也没有什么好吃的，但香味浓烈却是真的。所以当白扬再次给我送东西吃的时候，我忍不住好奇地问了他。

"你去看过那些箱子了？打开了吗？"白扬惊得跳了起来，眼睛瞪得大大的。

我从来没见过白扬有如此异常的反应，我吓得一哆嗦，连忙站起来摇头摆手，小声地说："没……没有，我只是在窗外看了看，没进去，我没有钥匙。"

"那些窗户不是都有窗帘吗，你哪里看得见里面？"白扬半信半疑地

望着我问。

"是有窗帘，但是窗帘之间有缝隙啊，我只随便站在外面看了看。白扬哥，你知道那里面装着什么吗？"我笑嘻嘻地望着白扬说。

白扬朝我看了看，走出门去。我听到他的脚步声在走廊里回荡，心里有些不安。白扬真小气，有好吃的东西也不给我弄点，亏我还把他当作哥哥呢。

白扬在外面转了一圈后，又回到房间里来。他坐在椅子上发了一会儿呆，然后跟我说："小虫儿，我提醒你，这里的东西你不要去看，也不要四处走动，那对你一点好处也没有，知道吗？"

"那些不是好吃的吗？"我惊讶地望着白扬问。

白扬看了看我，小声地说："小虫儿，那些不是好吃的，如果你想吃好吃的，我可以买来给你吃，知道吗？"

我想了想，点点头，凑过去跟白扬说："好吧，我不去看，可这里有鬼，昨天晚上有两个鬼来开这个门，他们还知道你的名字。"

白扬的脸立刻变得惨白，他伸手擦了擦额头，只是他头上并没有汗。他惊慌地追问道："小虫儿，他们说了什么没有？"

"男鬼不知道你把我放在这里，女鬼知道，男鬼很不高兴，说要给你点颜色看看，然后他们小声地说着什么，声音很小，我听不见，后来他们便走了。"我老老实实地把昨晚发生的事跟白扬说了。

"小虫儿，我走了，听我的话，别四处走动。"白扬匆匆而去，出门时还把门重重地带上了。

我呆呆地坐在床上，心里很难过。望着白扬给我带来的饭菜，我一点胃口都没有。我真后悔把昨晚发生的事情告诉了他，让他这么快就走了。以前每次给我送饭，他都会在这里坐上一两个小时，今天他在这里才坐了十几分钟就走了，这很反常。

第十章　别墅起火了

第二天一大早，白扬来得很匆忙，进门时还在喘气。他把带来的早餐放下后，又到屋外看了看，然后回到了屋里，笑着问我恢复得怎么样了，可不可以正常走路。当听到我说可以走路时，白扬高兴地搓了搓手，连声说："太好了太好了，这下我就放心了。"

"怎么了，发生什么事了？"我放下饭盒问。我看出白扬今天的表情与以往不同，至于有什么不同，我说不上来，但是我能感觉得出来，我的感觉一向很灵敏。

"小虫儿，真不好意思，我要出差一段时间。"白扬迟疑地说，眼睛望着我的脸。

"出差是什么？"我不知道白扬说的是什么意思，我从没听妈妈说过这样的话。

白扬抓了抓头，笑着说："真的给你问倒了，'出差'就是给单位办公事，要到外地去一段时间，不在本地，也就是说这段时间你见不到我了，明白了吗？"

我一听就傻了，白扬这不是明着赶我走吗？这可不行，虽然我也想走，但是这个时候走，我不是前功尽弃了吗？苦也全都白受了。从嫩毛给我的地址来看，这里就是杨复生住的地方，可是我一直没见到他。难道他知道我要来找他，故意躲起来了吗？

难道嫩毛跟他说过我要来吗？

为什么我总是见不到杨复生呢？

杨复生为什么躲着我呢？

难道他做错了什么事，不敢见我吗？

……

许多问题都涌过来，它们让我大为不安。要是我一直找不到他，妈妈让我做的事就完成不了，我该去哪里呢？在这个城市里，我想不出还有什么地方能容得下我。如果回村里，境况不会比这里好，我一个十几岁的孩子该如何生存下去？……

"我明天走，可以吗？"我很为难地跟白扬说，想把时间拖长一些。我打算晚上在别墅里再找找，说不定就能遇到杨复生，我就可以完成妈妈的遗愿了。这样即使我回去，心里也会安宁一些，否则我会被妈妈的魂灵缠着，再也无法生活下去。

"你……你其实不用着急，我只是说要出差一段时间，并不是催你走。"白扬说这话时，脸上的表情极不自然。我看出他可能遇上难事了，否则不会这样的。

"如果你不在，我不知道该怎么办，这里又没人住，我实在是害怕，我宁愿住在大街上的角落里，也不敢再住这里了，我最怕鬼了。"我老老实实地说。

"小虫儿，要不这样，你先到熟人那里住几天，等我回来了，再把你接回来。"白扬换了一种语气跟我说话。

"我在这里只有两个熟人，我不想去找他们，情况你是知道的，我之前跟你说过。"我低下了头，希望白扬说他不去出差了，那我就可以留下来。我原以为白扬会让我在这里住很久，所以我除了上下看了看之外，并没有在别墅里认真地寻找。如果早知道白扬这么快就要赶我走，那我应该早点行动起来。

白扬没有说话，低头望着地面想了想，然后抬起头说："小虫儿，那这样吧，你先在这里住着，回头我给你买一些面包之类的东西送来。"

我抬起头看了看白扬，觉得他不像是说假话的样子。不过话又说回来了，如果白扬不来这里，我独自待在这里会不会被赶出去？这可真难说。从那天晚上的情况来看，那两个被我当作鬼的男女并不是真的鬼，这是我琢磨出来的，因为我听嫩毛二爷爷说过，鬼走路是没有声音的，也怕亮光，而那天晚上走廊里分明有光，他们的脚步声又重又响，所以那两个肯定不是鬼。那个女的我觉得是香姨，因为她的香水味很特别，我很熟悉。

"我还是走吧，等你从外面出差回来，我再来看你。"我终于下定了决心。虽然没找到杨复生，但是我认识了白扬，只要白扬会来这里，将来我就有机会见到杨复生。

"那你到哪里去呢？"白扬忧虑地问我。

"会有地方去的，你放心好了。"我笑了笑，声音压得很低很低，其实我并不想走，但我不能让白扬为难。

吃过早饭，我和白扬又说了会儿话。白扬今天与以往不同，说话吞吞吐吐的，坐在那里也是没精打采的，一会儿站起来，一会儿坐下，一会儿又跑出去看看，过一会儿又进来跟我讲几句莫名其妙的话。他的反常举动让我觉得好奇怪，但我不敢问，怕我问了，白扬会立刻让我走，那我打算晚上寻找杨复生的计划不就泡汤了吗？白扬坐了一会儿后，起身朝外走去。他走得很快，走之前还伸出头东张西望了一下，然后才快速地走了出去，那样子就如偷了什么东西似的。

我站在大门口，望着白扬远去的背影，看到他出了大铁门，才回来坐下，心里有一种没着没落的感觉。这种感觉很奇怪，我以前从来没有过。中午的时候，我肚子有些饿，吃了一些面包，又喝了一点矿泉水，然后到别墅的楼上楼下看了看。所有房间的门仍是关着的，窗帘也被拉

得严严实实的，就连最初那些窗帘之间的缝隙也被拉上了，这真是一件很奇怪的事情。

我对屋子里放着的那些箱子没兴趣，我只想找到杨复生。妈妈给我的照片可能是杨复生年轻时候拍的，多少年过去了，杨复生应该老了吧，那天晚上咳嗽的人是不是他呢？我进来这些日子，再也没有听到过咳嗽声，难道他在我偷窥的那个晚上离开别墅了吗？他生病了吗？难道他知道我在找他所以逃跑了吗？他能掐会算吗？这一切对我来说都是谜。

下午，我又走出了房间。在二楼走廊里，我把头伸出窗外，朝下面看了看。别墅后面的杂草和树木又深又密，挤挤挨挨地长在一起。在太阳光的照射下，植物们绿得发亮，反射着刺眼的光芒，我看了没多一会儿，便觉得眼睛酸得难受。

杂草中的树上有知了在叫，声音又尖又响。我仔细看了看，没发现知了具体在哪个位置，便把头缩了回来。我靠在墙壁上闭了闭发酸的眼睛，然后朝一楼走去。住进来的这些日子，我终于看清楚了，这里只是一幢独立的楼房，并不是我想象中的别墅。嫩毛给的纸条上说这里是一幢别墅，我便把它认作别墅。其实，如果这里能叫别墅的话，那我们乡下有好多房子都能叫别墅。想到这，我不由得咧嘴笑了笑。

一楼也没什么可看的，除了我的房间外，其他房间连窗户都是紧闭的，我之前就看过，现在也没什么变化。虽然我很想推开房门去看看，但是我不想给白扬添麻烦，假如他以后再也不能回到这里了，那我就再无可能进来，杨复生就永远找不着了。

我觉得白扬应该是认识杨复生的，他之前说杨复生这个名字他听过，可后来我再问他时，他却含糊其词起来，说没听过这个名字，那天只是随口说说而已。我当然不相信，因为白扬说这话时，眼睛一直望着地面。妈妈在世的时候，每次我说话，她都要我望着她的眼睛，这样只要我撒谎，妈妈便能看出来。妈妈说眼睛是藏不住谎言的。所以从白扬

低头说话这个动作，我便知道白扬在撒谎，可是我不能硬逼他，我怕他赶我走。我想好了，如果白扬下次再来，我一定要向他打听杨复生的消息，这可能是我最后一次机会了。

傍晚时分，白扬急匆匆地过来了，说要帮我收拾东西，明天早上他就不来送我了。其实我没什么可收拾的，进来时我只有一身又脏又破的衣服，后来扔掉了。白扬不知从哪里弄来了两套衣服给我穿，一套蓝色的，一套灰色的，像是工厂的工作服。虽然衣服不是新的，但是我已经很感激了，因为这两身衣服大小正合我身，而蓝色又是我喜欢的颜色。现在灰色的衣服就穿在我身上，等会儿我要洗一洗，另一套蓝色的在外面绳子上挂着，我中午才洗的，它还没怎么干，要是我明天早上走的话，应该是能干的，即使不能干，找个袋子装上也就行了，这都不是什么大问题。

可能是考虑到我第二天要走，那天晚上白扬走得比较迟，他说想多陪我一会儿，说说话。我很感动，嘴巴突然变得灵巧起来，不停地跟他说我小时候的事情，说妈妈的辛苦，讲黑妹的能干，谈嫩毛的作恶，还有小黄狗的可爱。说到伤心处，我眼泪汪汪的，白扬也陪着我伤心，说："我俩是一样的人，只要好好努力，将来一切都会改变的，不要灰心。"对于白扬说的"我俩是一样的人"，我很不理解，白扬这么好的条件，怎么可能跟我是一样的呢，他不过是在安慰我而已，一定是的。

白扬走后，我突然想到自己忘记问他有关杨复生的事了，这真的很糟糕，以后我就不知道什么时候才有机会再问这个问题了。我很懊恼地坐了一会儿，便站起来把身上穿的衣服脱下来洗了洗。我摸了摸绳子上的衣服，衣服仍旧没有干，我便光着身子坐在房间里。我想等衣服干了穿上衣服再去外面看看。今晚是我在这里住的最后一晚了，如果再不找找，那以后不知道什么时候我才能再进来了。

虽然白扬说他出差回来后再接我过来，但是我不相信。他原本就是

同情受伤的我才收留我的，如今我的腿好得差不多了，他再把我接回来是不可能的，有谁愿意捡一个负担回来呢？我还没满十八岁，念书又不多，自己名字都写得东倒西歪的，根本不能帮白扬什么忙。我在白扬这里，除了添乱之外，并没有任何用处，如果没有特殊原因，白扬是不可能接我回来的，对于这一点我很清楚。

可是我又想不出留下来的理由，那天晚上来的两个人似乎对白扬印象不好，尤其是那个男人，他恶狠狠的声音令我讨厌。如果当时白扬在场，我估计他俩一定会打起来。我不希望白扬因为我而受到任何伤害，到青城之后，白扬是对我最好的人了。

在我想心事时，一丝淡淡的月光从窗户爬了进来。我走出房间，站在走廊里抬头看了看天空，发现有半轮弯月挂在天上。没过一会儿，那半个月亮被云层遮住了，外面变得漆黑一片，看样子要下雨了。我不记得今天是什么日子，白扬没告诉我时间，也没说今天会不会下雨，我只是凭感觉猜测的。

附近的小虫子开始叫起来，知了白天就叫得欢，现在还没有停下来的意思，声声袭入人心，让我觉得既闷热又烦躁。在等衣服干的时候，我把门关了起来，并把灯关掉了。我怕万一有人闯进来，看到我光溜溜地在房间里多不好意思啊。尤其是香姨，如果她又陪着那个男人一起来这里，我该怎么办呢？明天我就要走了，我不能在最后一晚还给白扬添麻烦。妈妈在世时就说过，能不给人添麻烦就不要添，否则会良心不安的。事实上，我已经给白扬添了太多麻烦，早就良心不安了。

房间里闷热无比，房间外又有一股股热浪从门缝钻进来。我一边抹汗，一边坐在床沿边想心思。房间里并没有什么变化，我这些天都住在这里，对这里相当熟悉了。可尽管如此，我还是把房间的前后左右上下都看了看，见没有异样，才慢慢地躺了下来，这样觉得舒服多了。

我看着空荡荡的屋顶，听着外面的动静，脑子里突然闪过一种从未

有过的恐惧，我不知道自己怎么了，难道今天晚上会有什么事发生吗？这种感觉越来越强烈，越来越让我魂不守舍，这真是一种很奇怪的感觉。妈妈去世前几天，我也有过这种感觉，妈妈死后这种感觉就没有了，今天晚上这种感觉又重新跑回来了，不知道是为什么。

我伸开四肢躺在床上，迷迷糊糊，似睡非睡。其实我是不想睡的，但不知道为什么，我总觉得眼皮睁不开。我感觉仿佛有什么东西要往我身上爬，等我无力地睁开眼睛看时，却什么都看不到，可等我闭上眼睛要睡觉时，那个东西又爬到我身上，没头没脑地压着我，让我难以呼吸，让我喘不过气来。我不停地挣扎，不停地呼喊，但是我又喊不出来，这种感觉真的好奇怪，它让我无比恐惧，我觉得自己快要死了。

钟响了十二下后，我突然听到外面大门"吱呀"一声响了，不久便传来几声野猫的大叫声。在这孤寂的夜晚，猫儿能光顾这里来陪我，也算是对我的一种小小安慰，毕竟这说明我还没有被世界完全遗忘。这么想着，我又惦起了我的小黄狗，不知道它现在好不好。柳芽会抱着它睡觉吗？应该不会，女孩子爱干净，小黄狗虽然不脏，但它毕竟是畜生，估计只能睡在屋角或屋外的地上。

猫叫声过后，我看了看窗外，想起来走走，可走廊里传来了轻轻的脚步声，听起来不止一两个人，而像是一群人。这里是远郊，怎么会有人深更半夜到这里来呢，难道他们是来搬那些箱子的吗？如果是搬东西，那我就更不能出去了，白扬跟我说过，让我不要去那些房间看，无论那边发生什么事情都不要出去，就当什么也没发生，什么也没看到，什么也没听到。当时我觉得自己很难做到，但是现在我觉得这个一点儿都不难，大不了我闭上眼睛，捂住耳朵，不出去就是了，这样他们就发现不了我了。对，就这么办。

这么想着，我又躺了下来，闭上了眼睛，慢慢地进入了梦乡。在梦里，我看到了妈妈，妈妈站在很隐秘的地方，好像是在墙壁里面。我觉

得很奇怪，墙壁里怎么可以站人呢？难道妈妈跑电影里去了吗？难道妈妈在地底下还可以演电影吗？她长得不漂亮啊。对了，村里人说妈妈年轻时长得很漂亮，到地底下后，妈妈有可能变年轻了，所以就能演电影了。

此刻，我看不清妈妈的身体，只看得清她那张没有笑容的脸。她正在朝我招手，说想我了，说她很累。妈妈总是很累，每年夏季"双抢"干活的时候，她都是一个人在田里忙碌。我高兴时就跟着她，不高兴时就躺在床上，任她嗓子喊破了，我也不理睬。

"妈妈，你叫我有事吗？"今晚我的心情虽然不好，但对于妈妈的召唤却积极响应，因为我迷迷糊糊地想起，妈妈已经死了，她现在来叫我，说明她想我了，我也想妈妈了。我想告诉妈妈，我不找杨复生了，没事找他干什么，我能养活自己，嫩毛和黑妹都能挣钱，我小虫儿又不是孬种，同样也可以。

"小虫儿，起来，快起来，起火了！"妈妈的声音越来越急，越来越大，但是她却不过来，只是隐在黑暗的墙壁里面。

"妈妈，你别骗我了，这房子里只有我一人住，我又不抽烟，又没玩火柴，怎么会起火呢，不可能的。"我笑着跟妈妈说。我的笑声很大，把我自己都吓醒了。

我眯着眼睛，抬头朝窗外看了看，果真看到外面红通通一片，火光冲天，甚至还有烟飘进房间里来。

这是在放电影吧？对，应该是，我还没醒过来，我在村里看电影时，经常看到这样的镜头。可是我突然想起来，我这不是在村里呀！难道真的起火了？这是怎么回事？

我迅速睁开眼睛，一个鲤鱼打挺从床上跳了起来。我的腿伤基本好了，原本我就没伤得太重，只是有些皮外伤，是我故意把伤口弄大了一些，又把血涂得到处都是，给人一种很严重的假象。吃了消炎药，又涂

了一些白扬带来的药后，早就不怎么疼了，只是偶尔会有些发痒。"肿痒发，疮痒塌"，乡亲们都爱说这样的话，我便猜想我的腿快好了。

我把头伸出窗户朝外面走廊看了看，发现火是从走廊的地上烧过来的，呈一条长线，火势很猛，发出"噼噼啪啪"的声音。真是奇怪了，地上并没有柴火啊，怎么会有这么奇怪的火。没过一会儿，我便闻到了一股浓烈的汽油味。

这是怎么回事？我没买汽油回来，也没听白扬说要带汽油过来，这里竟然突然有了汽油的味道，难道是有人想烧死我？不可能啊，我无钱无地位，在本地又没有熟人，更没有仇敌，谁这么恨我，要置我于死地呢？现在想这个问题已经没有用了，我得想办法出去。可是大门被火封住了，我根本出不去，衣服又在外面绳子上晾着，这可怎么办呢？我在房间里急得直跳脚，这真是一件极其糟糕的事情。

火势越来越大，烟也越来越浓，不一会儿，火就向我这边的房门扑过来。我刚打开房门，就有一股热浪冲向我，我忙不迭地把门关上。在房门后面，我都能感觉到火的热量在迅速向我这边传递、延伸，还有烟也在向我的房间里涌，我快窒息了。

门不能打开，我无法跑出去，如果待在屋里，我只有死路一条，怎么办？怎么办？我左窜右跳，一边大声地叫着救命，一边胡乱地拍打着墙壁。我想要把墙壁撞通，虽然我知道这是徒劳，但是在这种紧急情况下，我别无选择。

我对着墙壁拳打脚踢了好一阵子，突然听见"咯吱"一声响，右边墙上有一丝光亮闪过，我奋不顾身地扑上前去。无论怎样，我都不能让自己就这么不明不白地被烧死，我还要找杨复生呢，我不能死。求生的本能让我忘记了害怕，直直地朝前撞了过去。我是用着很大力气的，我想着要和墙壁做一番抗争，可是我的想法落空了，还没等我用上力气，我便一脚踩空栽了进去。

　　我闻到了一股熟悉的香水味，这个香水味与外面的汽油味融在一起，让我喘不过气来，我的头脑立刻变得麻木起来，身体不知不觉地向后倒去。在倒下的一瞬间，我感觉到妈妈哭叫着在我背后用力推了一下，我又朝前扑了过去，接着我感觉头部被什么东西重重地捶了一下，然后我就什么都不知道了。

第十一章　做"鬼"也挺好

醒来时，我发现自己躺在一座山上，旁边长着许多老松树。那些老松树又矮又壮，可能长了不少年了。

老松树过去就是一簇野竹子。野竹子长得又细又干，叶子黄黄的，竿子细细的，看上去就跟我一样营养不良，但它们长了很多，把周围土地全给占领了。

野竹子附近有一些蕨菜。蕨菜长得很茂盛，上面还有许多苍蝇嗡嗡地叫，不知道上面是不是有什么好吃的东西。再向远处，还长着许多荆棘。现在我就躺在野竹子附近。

我慢慢地坐了起来，我的头好疼，我伸出右手摸了摸，感觉有个大包在那里，但没有流血，因为没有血在我的手上。我朝右边看了看，发现附近居然有好多坟墓，大小不一。有的坟前安着墓碑，有的坟前光秃秃的。我知道安墓碑的坟是有主的坟，那些没安墓碑的坟，可能是老坟或是无主的坟。这里为什么会有这么多的坟？这里是什么地方？难道这里是阴间吗？难道我死了吗？我开始哭起来，望着天空不停地摇头。我想跟天空说，我不想死，我还没活够呢。

虽然我和妈妈一直很艰难地生活在村里，但是我对生活充满好奇，我喜欢活着，喜欢吃好吃的东西，喜欢穿新衣服，虽然要过好几个春节妈妈才会给我买一两件新衣服，但我没觉得不好，只要有新衣服穿，有

饭吃，有得玩，我就觉得很好了。我常听黑妹奶奶叹息人生很短，时间跑得太快了，人活着活着就老了，可我没这种感觉。妈妈虽然在村里过得不开心，但是因为有我，她活得还算正常，没有喋喋不休地说辛苦，但实际上她过得要比村里其他所有女人都辛苦。

可是如今我死了，人死不能复生，这我是知道的。我突然想起也许我在阴间可以少受些欺负。这么想着，我便开始高兴起来，思想开始向各个方向游走。在这里，我会不会见到妈妈？妈妈要是看到我来，会不会很高兴？不，妈妈一定不高兴，因为她让我去找杨复生，我到现在还没找到，虽然我差点就可以找到他了，但到最后我仍功亏一篑。杨复生到底去哪儿了？

嫩毛说什么来着，找不找都无所谓。无所谓吗？我可不这么想，妈妈让我去找这个人，那他就有可能与我有千丝万缕的关系，否则妈妈为什么会在临死前让我去找他呢？我猜想妈妈肯定是放不下他，否则让我找他干什么呢？只是妈妈生活在农村，可能不知道城市很大很大，虽然我有嫩毛给的地址，可谁知道那是不是对的呢，嫩毛那家伙能信吗，他连我的黑妹都抢，那他还有什么事情做不出来？

退一万步说，就算嫩毛给的地址是对的，杨复生就住在那个别墅里，可我一直没看到啊。如果遇见妈妈了，我要告诉她，杨复生真的不好找，我好不容易才想到的苦肉计，眼看就要成功了，最后却被一把大火给搅黄了。

这火是谁放的，难道是鬼放的吗？不可能啊，鬼哪会用汽油点火，它难道不怕火吗？如果不是鬼，那么是谁呢？白扬？不可能。如果白扬要烧死我，那他一开始又何必救我呢？而且还将我带到别墅中养着，给我治伤，给我买好吃的，还陪我说话。从小到大，除了妈妈和黑妹外，白扬是跟我走得最近的人了，我那么相信他，他不可能害我的。

如果不是白扬害我，那又会是谁呢？别墅里也就那么几个人。香姨

吗？应该不是。虽然我知道她不太喜欢我，但我和她之间没有太多接触，也就没有什么仇恨。难道是罗伯吗？想到这个人时，我不由得冷冷地打了个激灵。罗伯是谁？白扬说是罗伯安排他收留我的，可是罗伯怎么会认识我呢？那些日子在别墅外偷窥时，我虽然听到了男人的咳嗽声，但是除了白扬之外，我一直没有看到过别的男人出现。那天晚上的咳嗽声不可能是白扬的，我跟白扬接触那么长时间，从来没听到过他咳嗽，他的身体棒着呢。是那个男鬼吗？那天晚上我在门后听到过他的声音，恶狠狠的，可我与他并没有恩怨啊，他有必要害我吗？想来想去，我的脑子疼得越来越厉害了。变成鬼以后，我这脑子也不好使了。

"吱！"正当我使劲儿地捶着脑袋时，前面坟堆里突然有个东西一窜而过，速度快如闪电，我只看见了一条长长的细尾巴，感觉好像是一只小老鼠。我猛地吃了一惊，快速站起身来，这才发现自己全身上下都光溜溜的。刚才由于害怕和开小差，我都没注意到自己身上的狼狈相，这可如何是好啊？

我吓得赶紧蹲了下来，要是给别人看到我这副样子，真是丑死了。我已经开始发育了，下身有一片黄黄软软的毛，我都不知道它们是怎么来的，难道我要变成猴子吗？妈妈在世时，这些毛还没长出来，现在它们也跟胡子一样，一下子冒出来不少，就连它们也来欺负我是个没娘的孩子吗？

想到很快便能见到妈妈，我的心里又快活起来。在阳间的时候，我是个没娘的孩子，但在阴间我不是没娘的鬼啊，妈妈不也在阴间嘛。我找到她之后，我们母子就可以生活在一起了。我们可以四处飘荡，想去哪里玩就去哪里玩，那该多好啊！我兴奋地站了起来，不过很快又蹲了下去，虽然已经是鬼了，但我还是有人的羞耻感的，不能光着身子到处跑啊。我朝四周看了看，想要找一件衣服挡一挡，哪怕是破的我也不介意啊，可是附近并没有衣服，就连纸也没有一张，大树叶子倒是有，但

那上面毛乎乎的，不能当衣服穿。难道鬼都是不穿衣服的吗？也不对，妈妈死后，乡亲们还让我烧过衣服给妈妈，那么妈妈应该是有衣服穿的。我被烧死了，没有谁知道，自然也就没人给我烧衣服，所以我没有衣服穿。对，就是这个样子的，我终于想明白了。

我又朝四周看了看，心里不由得直发抖，真是奇怪了，阴间难道也有坟堆吗？对了，阴间有十八层地狱，每一层应该都有鬼。这是个怕人的地方，我决定离开这里。我朝前面水沟走去，我很渴，除了渴之外，我还很饿。鬼也会饿吗？

这个问题是此刻的我最想知道的。水沟里的水很浑浊，不好喝，有一股子泥腥味。唉，这阴间的水也跟人间的水一样受了污染，口感极差。喝了几口，我便不想喝了，因为我看见三条蚂蟥正呼呼地游过来，像女妖一样，看得我浑身直冒冷汗。我很怕将蚂蟥喝进肚子里，它们的生命力极强，这我很清楚，它们都有七条命，轻易杀不死，只能放在火里烧成灰，不过我现在不用怕它，因为我是鬼。想到这里，我忍不住哈哈一笑。

活着时，我总是受人欺负，总是挨骂挨打。我清楚地记得，村里孩子们总是趁妈妈不在我身边时，有事没事地在我头上或后背上来一拳，虽然不太疼，但是猛然间挨上一下，着实让我害怕。有时我真怕他们会突发奇想，用麻袋把我装起来扔到河里去，那我就再也见不到妈妈了，所以那时我尽可能地离他们远远的，不让他们有可乘之机。

现在我不用怕了，是我报复那些坏小子的时候了。我要将他们拉过来喝这水沟里的水，让他们肚子里长蚂蟥，让他们拉出长长的蛔虫，让他们整天在工地上做工，去太阳底下狠晒，去吃那些没有一点油星的萝卜、白菜，他们干活的时候我再派一个恶鬼在旁边看着，不让他们休息……这些都是我此刻能想到的报复办法。想到那些欺负我的人会因此害怕，我就乐得要死。做鬼真是痛快啊，想怎么样就怎么样，真是太

好了。

我先是大摇大摆地朝前走着，但很快我便变得畏手畏脚，因为全身一丝不挂，我实在做不到昂首挺胸。

在阳间的时候，自我记事起，我就从来没有不穿衣服到处跑过，当然洗澡的时候除外。我觉得阴间应该也是有规矩的，否则光溜溜地来，赤裸裸地去，那不是乱套了吗？在我为数不多的几年读书生涯中，我知道了一些道德礼仪，有一点羞耻感。妈妈曾经跟我说过，人活着就要一张脸，如果连脸都不要了，那还有什么事做不出来呢？

再说了，要是给阎王爷发现我，他一定会问，这是谁家的鬼小子，一丝不挂地到处跑，难道是傻鬼吗？他爹妈是怎么教育他的？这样一来，妈妈势必会被牵连进来。妈妈是我在这个世界上唯一的亲人，在阳间时我经常惹她生气，让她操心，在阴间我不能让妈妈继续跟着我受委屈，否则我二十年后就不能超生了。对，我得找件衣服穿上，哪怕寻几片树叶也好，最起码将我下面那个地方挡一挡。

我继续朝山下走去，想要找到一点遮羞的东西。前面坟上有一张黄色的大纸，我很想抽下来，但我发现纸的上面压着一块石头，就不敢动了。既然放纸的人用石头压着，肯定是不希望别人拿走，而且那个坟里的鬼应该出来看过，如果我把纸拿走了，等会儿要是被坟里的鬼发现怎么办，他会打我的，我怕疼，还是不惹他为好。

我又找了找，发现附近地里有一块布条。我欣喜地扑上去，可是刚一接触，那布条便破了，我再拉了拉，布条更是变成了碎布渣，想来它是不愿意跟我走的，我只好放弃了它。找来找去，我只在附近树上扯了几片大树叶，本想用它遮住下体，可是不行，没有绳子或带子绑着，我无法将树叶固定在身上，我又不能一直用手拿着树叶挡在前面，那太别扭了。当务之急，我要找到衣服穿。

我记得嫩毛爷爷去世时，嫩毛爸爸烧过房子给他，房子里有衣服、

电视机、洗衣机等，很齐全。如果我能找到嫩毛爷爷，或许能从他那儿借一套衣服穿上遮遮羞。不过，嫩毛爷爷死的时候都七十多岁了，老眼昏花，嫩毛他都不认识了，他还会记得我吗？即便他记得我，又肯借衣服给我，可我也不知道他住哪儿啊。在村里时，老人们都说鬼先知先觉，可我怎么什么都不知道？唉，活着时我就不是聪明人，死后自然就变成一个笨鬼了，这也不奇怪。

我决定继续朝前走，离坟堆越远越好。走了好长一段路，我发现前面匆匆跑过来一条狗。那狗看上去并不高大，它一边走一边嗅着，仿佛很饿的样子。莫不是阎王爷派它来吃我的吧？这么想着，我浑身直冒冷汗，手脚也开始发麻，隐隐作痛。要是那条狗看到我全身光溜溜的，肯定以为我是傻子，就会拼命地扑向我，咬断我的脖子，吃掉我的肉。

这可不行，我得赶快躲起来。我朝前后左右看了看，终于发现路旁的山体附近有一个大洞，只是那里有许多白白的石灰粉。我顾不得想太多，猫着腰就钻了进去。刚刚蹲定，我便闻到一股难闻的气味。我捂着鼻子，屏住了呼吸，闭着眼睛等着狗离开。

大概过了十分钟，我听到狗在远处大叫的声音，似乎有一群狗在打架。我慢慢地钻出大洞，这才发现刚才藏身的地方居然是人家放棺材的地方。这里的风俗习惯可能与我家乡差不多，就是人死后先用棺材装起来放三五年，等尸体全部烂掉后，再把骨头埋到地底下，是为葬坟。

当看到离石灰粉不远处有一个黑色大棺材时，我吓得浑身直冒寒气。刚才我怎么就没发现呢？要是早知道这里是放棺材的地方，就是给狗咬死，我也不进去躲啊。我越想越怕，拔腿就朝前方小路跑去，一边跑一边大声狂叫。我真想大哭，但我知道哭没什么用，因为这里是鬼的世界，我初来乍到的，没有谁会理我。

直到离开那里很远了，我才捂着肚子停下来。我的肚子疼死了，不知道是不是被鬼吓的。我还发现我的脚掌胀得要死，还起了好几个亮亮

的水泡，脚丫旁边甚至还有刺扎在里面，只是我并不觉得怎么疼。对了，鬼是不怕疼的，刚才路上石子和碎玻璃那么多，我光着脚跑到现在才有少许的疼痛感，这大概就是鬼与人的不同之处吧。这么看来，当鬼还是不错的，不怎么怕疼。

我找到一块大石头坐下来，朝四周看了看。周围全都是地，但没种什么菜，只有一块地里稀稀拉拉地长着十几棵小菜，其他地里大都长着杂草，还有的地里甚至长着小树，不知道是鬼栽的，还是小树自己从地底下钻出来的，总之很瘦，但是它们摆出了一副很骄傲的模样。我现在没有力气，要是搁在以前，我肯定跑过去把它们全都连根拔掉。我不喜欢在我面前摆谱的人或者植物，他（它）们有什么可骄傲的？

我为这些地感到可惜，要是它们在我们村里，女人们一定高兴坏了，肯定全都种上小菜，天天都来施肥、浇水，把菜地喂得肥肥的，然后长出肥嫩的小菜来。这鬼的世界与人的世界就是不一样，没有谁爱劳动，都很懒。如果阎王爷以后让我管这些地，我一定把村里女人们喊过来，给她们每人都分上一小块儿地，让她们感激我小虫儿的恩德。

胡思乱想了一阵，我站起来继续朝前走。快到一个村庄时，我发现前面过来两个活物。准确地讲，我也不知道他们是人还是鬼，因为他们走路都跟人一样，也穿着人的衣服。这么一看，我觉得奇怪了，这不是在阴间吗？我们不都是鬼吗？为什么我们走路还是一步一步地走，而不是伸出臂膀一蹦一蹦地跳着走？我在电视里看到过的那些鬼，走起路来都是直着身体，披散着头发，吐着长长的舌头，眼角两边流着血，腿直直地向前跳。难道这里的阴间与电视里的阴间不一样吗？

是了，应该是不一样的，电视里的东西谁知道真假呢，都是人演的。这里才是真的阴间，鬼走路跟人是一样的。假如村里有人再说鬼是直着腿走路的，那我就可以告诉他真相了。

两个鬼走过来了，既然大家同为鬼，我与他们搞好关系是十分必要

的，毕竟他们比我早到阴间，资历比我老，我得尊敬他们。这一招是工头教给我的，最初到工地时我对他很不客气，他问什么我都不吭声，气得他脸红脖子粗的，说要慢慢修理我。后来有一天，工头终于找到了机会，狠狠地修理了我一顿，从那以后我再也不敢小瞧他，每次看到他，我就浑身发抖，早早地站起来望着他假笑，有可能笑比哭还难看。所以在阴间，我要吸取阳间的教训，好好地与鬼们相处，就如我跟白扬那样，那我在阴间的日子就会好过很多，而不至于总是受欺负。我决定立刻付诸行动。

我隐到一边的草丛里，当那两个家伙快接近我时，我轻轻地闪出来，微笑着走上前去跟他们打招呼："嗨，你们好，很高兴认识……"

我话还没说完，就听到女人的尖叫，接着那两个家伙飞快地向旁边小路奔去。我也快速跟上去，一边跑一边大声解释："我不是故意吓你们，不是故意的，我只是想认识你们。"

"快跑，那家伙是疯子，衣服都没穿，赶紧报警，让警察来抓他。"那两个家伙一边跑一边大叫，一边还在衣服口袋里摸索着。

难道他们准备拿手机吗？是了，应该是。前些日子在工地上，傍晚吃过饭后，我会和工友们去外面看看。我看到城里有钱人都有手机，他们一边走一边嘀嘀咕咕地说着话，让我很羡慕。我很想拥有手机，真的很想，但是妈妈死了，黑妹与嫩毛在一起，我要手机有什么用呢？难道我打电话给小黄狗吗？想到小黄狗，我忍不住笑了，心里泛起阵阵柔情。

"报警，报警。"那两个人跑远了，但他们的声音还在我耳边回响。

报警？警察？我立刻愣住了，阴间也有警察吗？

我的妈呀，要是让警察抓住了，我的麻烦就大了。我停下脚步，没敢再跟上去。既然他们不愿意跟我交好，我又何必死皮赖脸地讨好他们呢？我决定放弃示好的想法。眼下当务之急是弄到衣服穿，我得想办法去偷一件衣服来，就这么光着身体到处跑，迟早会被抓住的。要是他们

报了警，警察将我关进阴间监狱里，那我就再也见不到妈妈了，这可不行。

这么想着，我便腾云驾雾般地跑起来，周围的树木不停地向后倒。有那么一刻，我竟然看到了一只灰色的野兔。我很想停下来抱住它，让它从此不离开我。不过我又想了想，还是算了，我自己都顾不过来，哪里还有时间去管它。

我决不能让警察抓到我！

第十二章　夜闯民宅

我的肚子饿得咕咕叫，这真是一件很奇怪的事，鬼也会饿吗？

我想起平时妈妈给姥姥姥爷上坟时，都会带几样好吃的过去供着，虽然到最后东西仍原封不动地被带回来，但想来姥姥姥爷应该是吃过了的，不然的话，妈妈带去供着又有什么意义呢？这么想来，我肚子饿了，也就是正常的了。

天色完全暗下来了，我越来越觉得自己身上有很多疑点：为什么我会感到害怕，鬼应该是无所畏惧的吧？难道我与众鬼不同吗？这让我更加恐慌了。在阳间时我已经很普通了，可村里那些人还是斜着眼睛看我，没事就会在背后骂我几句。如果现在我与众鬼不同，那真是糟糕透顶了。我只想安静而普通地活下去，别让我与别的鬼不同，否则麻烦会很快找上我的。我常听工头龇着牙说什么"枪打出头鸟"，应该就是这个道理。

前面平地上有一幢灰灰的房子，门是关着的。房子四四方方的，在城里这种形状的建筑物很少见。我记得嫩毛爸爸烧给嫩毛爷爷的房子就是这种房型，那么这应该是嫩毛爷爷的房子了。我心中一喜，如果真是嫩毛爷爷住在这里，那可就太好了，我和他孙子关系那么好，他应该愿意借一套衣服给我穿。

不过，这种事也难说，老年人挣钱难，那么老年鬼的境况估计也好

不到哪去。还有，我恨嫩毛的事他爷爷知道吗？如果他知道我因为黑妹的事恨着他孙子，那他还会借衣服给我吗？但我好像没跟别人说过我恨嫩毛的事，没说出来的事，鬼应该是不知道的。

我抬脚朝前走，可才走没几步，我突然想到我曾经跟白扬说过嫩毛的事，如果他爷爷碰巧听到了，那情况就不妙了。唉，那就见机行事吧。如果嫩毛爷爷真不愿意借整套的衣服给我，那借条小裤头给我遮遮羞总是可以的吧，他不至于连这个都不肯借给我吧，否则也太抠门了。

我放慢脚步，踮着脚朝前一步一步地走着。我很怕有玻璃扎着脚掌，刚才来的路上我看到过有碎玻璃在路中间横着，当时我觉得很奇怪，阴间怎么也有这种东西。此刻我真的不愿意被扎到，不管作为鬼的我会不会流血，我都不想再受伤。上次那个自残的行为让我很后悔，我怎么会做出那么愚蠢的事情来呢？

我的身体是妈妈给的，妈妈在世时，生怕我受一点点委屈，就是手偶尔被小刺扎出点儿血来，妈妈都会把我的手放进她嘴里吮着，说是要为我消毒。要是妈妈知道我用石块划伤腿上的皮肤，会不会心疼得从地底下跳出来，在我脸上甩几巴掌？只不过当时我们母子阴阳两隔，她只能无助地在一旁看着我，看着她唯一的儿子在人间自找苦吃。

如果是这样，我真要给自己几个大嘴巴子。妈妈活着的时候很辛苦，既没好吃的，又没好穿的，死了还在为我担心，我真是不孝。妈妈肯定后悔生了我，肯定是的，否则她就不会让我去找什么杨复生。她肯定是怕我寂寞，怕我无所事事，怕我闲得发慌闹事被抓进监狱，妈妈真是用心良苦。可是我真不争气，本来活得好好的，现在却莫名其妙地到了阴间……哎呀，不管那么多了，即使做鬼，我也要好好地做。

我继续朝屋子那边靠近，又走了没几步，便闻到了一股难闻的臭味。这是怎么回事？难道房子自己会臭吗？我记得烧给嫩毛爷爷的纸房子是干干净净的，甚至还有一股檀香味呀，房子旁边还有许多纸人守护

着，里面有电视机、洗衣机、冰箱等，应有尽有，比我家的东西多太多了。

不过，这幢房子除了外形跟那个纸房子差不多之外，其余都不同，有的地方甚至已经开裂了，从裂开的地方闪出几丝光亮来，这里跟我家的柴房有点像。哦，对了，我且看看有没有仆人在门口守着，如果有的话，我得小心点，不能被抓住。还有，我不记得嫩毛爷爷的房子里有没有狗，如果有狗守门，那我就不能进去。那些狗全都恶狠狠的，要是咬我的屁股怎么办？它们肯定没见过十几岁男孩子的屁股，会不会感到很好奇，然后拼命地在后面追我呢？

想来想去，我决定再多观察观察，在确定没有危险后再进去。于是，我小心地蹲了下来，屏住了呼吸。我朝大门附近看了看，没发现人，也没有看到狗，这下我放心了。我趴在门边，从门缝朝里面看去。

屋内闪出一缕昏黄的灯光，我微眯着双眼透过门缝朝里面望去，没有看到活的东西。我的心再次提到了嗓子眼儿，新的疑惑又窜进了脑子：鬼屋里也有电灯吗？电视里没有放过，妈妈也没说过，嫩毛爷爷在世时倒是说过鬼的事情。他说，鬼都是在黑暗中来来去去的，没有哪个鬼敢明目张胆地现身于光照之下。这么推测的话，鬼应该是怕光的。可是这间房子里却有灯光，说明它可能不是鬼住的地方。难道这是妖怪住的房子吗？

想到妖怪，我心里更害怕了。我觉得妖怪比鬼厉害，鬼大不了吓唬吓唬人，而妖怪就不同了，他们什么事情都会做，又能变，还刁钻古怪的。我去年在村支书家看过电视剧《西游记》，那里面就有许多妖怪，他们要么找个山洞，要么找个树洞，也有做法在一片空地上变一幢房子，等到人进去后，那房子就恢复成妖怪的模样，然后将人整个吞下去。我可不能轻易上当，得看看后再做决定。

在我猫着腰朝里面看时，附近草丛中的青蛙一直"咕呱咕呱"地叫

个不停，不知道它们叫什么，估计不是被虫子咬了，就是肚子饿了。我现在也是既痒又饿，那些讨厌的蚊虫欺负我没穿衣服。我要是进去找件衣服穿上，再弄点吃的可就太好了。

只是我光着屁股进去多少有些不便，无论里面的鬼是男是女，看到我的身体都不太好，都会让我感到很难堪。阴间真是好奇怪，不给我衣服穿。哦，我想起来了，我死前是没穿衣服的，那两套衣服都还晾在绳子上。妈妈叫我的时候，我只顾跟她讲话，却没想起来要到外面去把衣服穿上，后来起火了我又不能出去拿衣服，因而我死的时候肯定是没穿衣服的。我必须找到衣服穿，于是我一个剑步就闯了进去。

门一开，立刻有一股怪味冲过来，将我冲了个趔趄。这里面有酸白菜的味道，有浓浓的尿骚味，隐隐地还掺杂有一股女人身体的气味。我对这种气味很敏感，妈妈在世时身上也散发着这种气味，黑妹身上也有。从这些来判断，这里面住的应该是女鬼。

想到这里，我更紧张了，我这光溜溜的怎么能见女鬼呢？我找件衣服就走，不被发现最好，要是被发现了，衣服我已经拿在手中了，我就可以飞快地跑掉，女鬼即使想追也难追，她体力不如我，跑得肯定没我快。

房子里，屋顶上吊着一个昏黄的灯泡，屋内没有活物，屋子的正中间有一张桌子和一个破凳子，凳子只有三条腿，旁边还有一个煤炉，地上放着几块煤，煤炉上面放着一个铁锅，铁锅上面有一个盖子，附近角落里堆放着许多旧纸盒、空可乐瓶、破脸盆、铁罐头盒等，杂七杂八的。这是怎么回事，这里住着一个收破烂的女鬼吗？

我心中大喜，低下头在地上寻找起来，说不定我能发现衣服什么的。果然，右边角落里放着一袋东西。我冲上前去抖开看了看，还真发现了好几件破旧衣服，有女人穿的花裤子，有男人穿的大褂子，只是味道不好闻，发出垃圾堆特有的气味。唉，这种时候我也顾不了许多，快速地翻找着，想要找一件适合我穿的衣服。

在翻找过程中，我没注意到脚下，一不小心踢到一个铁罐头盒，弄出一阵"叮叮当当"的响声，我吓得往下一蹲，心怦怦乱跳。

"春儿，是你回来了吗？"旁边黑黢黢的房间里突然传出苍老的说话声。

我吃了一惊，忙把找到的一件男式大褂子三下五除二地套在身上。褂子很长，能遮住我的下身，这就够了。

"春儿，锅里有热饭，还有菜，等婆婆把那些废品卖了，就给你买肉七（吃）。今天婆婆太累了，腰疼得厉害，起不来。"屋里的声音应该是躺着发出的，温软温软的。

我没应声，听到"锅里有热饭"时，我的胃便欢叫了起来，那声音分明在说"太好了，太好了"，我自己听着都不好意思了。

我看了看头顶上昏黄的灯光，又瞄了瞄黑洞洞的屋外，上前把木门轻轻地掩上，又把门闩拉上。我不能让外面有活物进来，这个时候只要有活物靠近我，我就会有危险。

我站着听了听，外面没有东西走动的声音，只有远处传来的几声狗叫。在屋里我就不怕狗，反倒有点喜欢狗，狗比人让我感觉安全。我家里就养着小黄狗，只是现在它属于柳芽了，虽然我跟柳芽说只是请她看养，但其实只要我不回去，小黄狗就是她的了。

我走到煤炉前，将锅盖拎起来，发现里面真有一些米饭，饭上面还有一个小碗，碗里有咸菜。我用手把饭捏成团，一口饭就一口咸菜，就这么狼吞虎咽地将锅里的饭菜全塞进了胃里。

我真的太饿了，一整天只喝过几口水，以至于把锅里的饭菜吃完了我还觉得没吃饱。吞完锅里最后一粒米后，我又舔了舔手，将手上的几粒米也吞了下去，然后像狼一样伸了伸脖子，真想痛快地嚎上几嗓子。

"春儿，七（吃）过了就洗洗屁股，盆里有温水，我躺下前刚烧

的，别的地方可以不洗，屁股一定要洗干净。"屋里的声音又传了出来，中间夹杂着喘息声。

温水？我轻轻地踮着脚在屋里找了找，发现左边拐角处的地上还真有个破塑料盆，里面有半盆水。我走了过去，用手试了试，水凉冰冰的。我将头伸了进去，像牛一样喝起水来。我不喜欢用手捧水喝，那样喝起来不痛快。

喝好了水，我将手在水里洗了洗，又脱下刚才穿上的那个大褂子，从塑料袋里找出一块破布，沾了水将下身洗了洗。妈妈活着时告诉我，男人其他地方可以不用管，但是腋窝、下身和屁眼一定要洗干净，这样身上就不会有骚臭味。这个习惯我一直保持着，无论住的地方条件有多差，我都不会忘记。

"春儿，早点睡，明早还要上学。学费婆婆给你凑齐了，明天你就不用捡破烂了。"屋内的声音继续指挥着。我很好奇，真想走进去看看，但我不敢那么做，怕遭遇突然袭击。

我在屋里看了看，发现煤炉旁边还有一个门。门是木头的，不大，呈暗灰色，只不过此刻是关上的，我只要用手轻轻一推，应该就能推开，但是我不知道那里面有没有危险。刚才我进来时没发现它，现在看到它，我才知道自己进到里面来真是够危险的，要是里面冲出什么人来，我就完蛋了。

"进屋睡吧，春儿，进屋睡。"屋里的声音继续唠叨着。她的话真多，又难懂，听得我头皮发麻，真是烦死了。

我又在塑料袋里找了找，找到两件宽大的褂子铺在地上，坐在上面斜靠着墙壁眯起来。我不能完全睡熟，除了因为不让蚊子叮咬外，我还得预防那个叫春儿的家伙突然跑回来。要是他回来发现我，把我交给警察，那我不是惹上大麻烦了吗？

我真的很怕警察。我之前听工头说，警察是世界上顶顶厉害的人，

有枪，有功夫，他们就是睡着了，也能知道周围发生了什么事，梦中也能抓坏人，而且专门抓像我这样没有身份证的人。我吓得要死，我才不要被抓住呢，那样我就见不到小黄狗，见不到黑妹了。

以前在青城打工时，我跟工友们说过我喜欢黑妹，不知怎么的就传到工头那里了，这便成了他笑话我的把柄。只要我哪天有不满情绪，他就会拿这个来笑话我，说小虫儿是不是想黑妹了，想黑妹身上的什么地方了。我最讨厌这种玩笑。我是喜欢黑妹没错，但是我从没想过她身上的什么部位，我喜欢她的善良、她的笑、她说话的口气。

只是我懒得做过多辩驳，因为工头并不信，我说得多了，他就会用怪怪的眼神看着我，仿佛要将我撕开来看看，看我脑子里是不是真这么想。时间一长，我就明白与人辩驳没什么意义。我告诫自己，有些秘密是不能跟人说的，要深藏不露，喜欢的东西要偷偷地喜欢，害怕的东西也要暗暗地害怕，一旦被别人知道这些秘密，那它们便成了别人攻击你的致命武器，到时你怎么死的都不知道。

我靠在墙壁上，微闭双眼，脑子里乱七八糟地想着。我不知道接下来该怎么办，将会遇到什么事。前些日子我好不容易在别墅那边安定了下来，现在却又弄成这副惨样，还被烧成了鬼，好在我身上没被火烤焦，要是弄得红一块白一块黑一块的，那我连鬼都不愿意做，直接到十八层地狱好了，我永远也不想超生。

想着想着，我心里便难过起来，忍不住想哭。我哭得很小心，很压抑，心口疼得厉害，眼泪不停地流下来。不知过了多久，我慢慢地睡了过去。

第十三章　砸树叶的婆婆

我一觉醒来，天已大亮，外面白花花的一片，阳光满地都是。我从地上噌地一下跳起来，身上掉下来几件衣服。我这才发现自己身上不知道什么时候多了几件衣服。我顾不得看它们长什么样子，赶紧查看周围的情况。

门大开着，屋内乱七八糟的，瓶瓶罐罐扔得到处都是。难道在我睡着的几个小时里，这里曾被坏人打劫过吗？我赶紧冲进里屋，婆婆真的不在了，会不会打劫的家伙杀了婆婆，或是把她绑走了？应该不会吧，我听工友们说过，抢劫犯要么对钱财感兴趣，要么对年轻女人很眼热，而这里既破又脏，没什么值钱东西，也没有年轻女鬼，抢劫的人如果对这里感兴趣的话，那他就比我还笨。

想到这些，我的心便安定了些。我打量起四周来，昨晚看到的破板凳、煤炉、锅都还在。我在里屋看了看，屋内右边抵着墙壁放着一张老式床，床顶上有一副旧蚊帐，床上有一个旧枕头，床里边还放着一条黑乎乎的大毛巾。床的旁边还有几个颜色不一样的破旧沙发，上面搭着一些旧衣服，这些可能都是从垃圾堆里捡来的。看来昨晚那个婆婆苍老的声音就是从这张床上发出的。

我站在床边看了看，没发现床上有人，便弯着腰朝床底下看了看。我记得在工地打工时，附近居民家里发生过一起凶杀案，有个女的被坏

人杀死后丢在了床底下，所以我必须看看床底下，虽然我很害怕那里真有什么可怕的东西。还好床底下空空的。我很奇怪婆婆为什么不喜欢把东西放床底下。妈妈在世时，最喜欢把东西放在床底下，每次她让我找什么东西，我只要趴在床底下就能找到。没在床底下找到可怕的东西，我的心里轻松了许多。我站起来拍了拍手上的灰，大步走到屋外。

外面阳光灿烂，空气清新，白花花的阳光刺得我睁不开眼睛，我不得不用手盖住自己的脸，从指缝间看出去。屋子的前面全都是半大的树木，在这种蚊虫飞舞的季节里，它们长得格外茂盛，好像有什么开心的事，浑身笑得直发抖，尤其是那叶子，抖得那么奇怪，幅度那么大。

咦，我忍不住朝树下看了看，看完后我的肚子就痛起来了。我是笑痛的，天下竟然还有这么奇怪的事情，太好笑了。

一棵大树下，站着一位穿着破旧衣服的老婆婆，她的头发全白了，佝着身子。我不知该称呼她为人婆婆还是鬼婆婆，就如我不知道现在的自己是人还是鬼一样。

此刻，她正在树下使劲地摇着树干，不知是树长得太结实，还是她的力气太小，她摇了好大一会儿，那些树叶也没落下几片。于是她便停下来，朝地上看了看。地上有一些塑料瓶、破脸盆，远处还有几块石头。她颤巍巍地走过去，从地上捡起塑料瓶、破脸盆和石头，一一往树上乱扔。她的力气不够大，虽然东西扔得满地都是，但叶子还是没掉下来几片。我终于明白那些叶子为什么动得那么异常了，原来都是她干的。

她这么做的用意何在？玩树吗？树有什么好玩的，她又不是小孩子，真是奇怪！

看她玩得那么尽兴，我也忍不住跑了过去，将那个破脸盆往树上用力地扔。我力气大，扔得又准，立刻便砸下来好多树叶，还有一根小树枝掉下来。这让我很有成就感，忍不住又从地上捡起破脸盆朝树上扔了第二下，树叶又落下了一些。

在我捡起破脸盆准备扔第三下的时候，婆婆突然停下来，朝我呆呆地望着，嘴巴张得大大的，眼睛更是怕人，直勾勾地望着我，看得我浑身直冒冷汗，不知道自己哪里做错了。

"春儿，来，过来。"她一边朝我招手，一边弯腰从地上捡起几片树叶，颤抖着双手用力地揉搓着，身体随着揉搓的动作而颤动着。

我大着胆子走过去，不过我手里还握着一块石头，刚才我是准备用它来砸树的，现在是准备防身用的。我不怕婆婆，她很老了，没什么力气，伤害不了我，但是我得防着她是妖怪什么的。村里老人们说过，妖怪最初的时候都是装好人，最后目的达到了，便现出了原形。

婆婆的外表虽又老又弱，但谁敢说她不是年轻的妖怪变的呢？《西游记》里的白骨精不是既变成了老爷爷，又变成了老婆婆吗？我可不能跟唐僧比，他有徒弟救他，我只有我自己，没人帮我。

婆婆的手被树叶汁染成了绿色，可她还在使劲地揉搓着。看到我来到她身边，她抬起来头，眯着苍老的眼睛望着我，微笑着说："来，春儿，伸手哦。"

婆婆的声音很温柔，仿佛在哄小孩一样，这让我愣了愣，在这一愣神的空档，我手里握着的石头从指间掉了下去。婆婆把我的左手放在她的手上，我没有做任何反抗，听话地把另一只手也伸了出来，双臂都伸得长长的。

在伸手臂的过程中，我惊奇地发现我胳膊上面居然有好多个红包，这一定是蚊子咬的。昨晚我太困了，睡着之后蚊子肯定喝了个饱，否则一晚上过去，我胳膊上的包不会这么多，这么大，这么红。这些该死的蚊子，我真是恨死它们了。

"春儿，擦擦这个，包很快就会消的。"婆婆握住我的双手说。

立刻便有一股热量传了过来，我感觉很舒服，便盯着婆婆看。婆婆的胳膊又老又细，但手的力气倒是不小，捏得我的手好疼。婆婆看了看

我的胳膊，把手中的树叶汁轻轻地涂在我的红包上，一点一点地，认真而细致，一边涂一边还吹着气，很心疼的样子。我没动，任由她随意地涂抹。

手上的树叶汁涂完后，婆婆又从地上捡起树叶继续揉汁给我涂，直到我的胳膊、腿及裸露着的皮肤都被涂得绿迹斑斑的，她才满意地停下来，望着我的脸咧开嘴笑了。她的牙全都掉光了，只剩下暗红色的牙龈，脸上又暗又黄，就跟我家乡土地的颜色差不多。我记得嫩毛爷爷临死前的几个月，脸上也是这种颜色，当时大家都说他掉了魂。不知眼前的婆婆是鬼还是掉了魂的人？

"春儿，我给你烧早饭去，你跟我来。"婆婆抓住我的左手，拉着我一瘸一拐地往屋里走。我这才看出她右腿有些跛，走起路来一高一低，显得很吃力。我迟疑了片刻，便跟着她进屋了。

早饭是稀饭，还有一点咸菜。我吃饭的时候，婆婆一直望着我，嘴不停地动着。她没有牙齿，又没有吃东西，不知道为什么嘴还这么不停地动，难道是在为我加油吗？

看着婆婆，我觉得浑身直发虚，心里乱七八糟的。婆婆的目光浑浊而绵长，一直粘在我的脸和身上。我不知道她这么望着我是什么意思，说实话，我很害怕被她这么盯着，害怕她会突然伸出长长的舌头，趁我不注意突然将我卷进嘴里吞下去。

"春儿，吃过饭，你就去上学，别再逃课了，总是让老师来家里找也不好，乖宝，听话啊。"婆婆看我把碗里的稀饭喝完了，才跟我说话。

"婆婆，这里是阴间吗？我是不是死了？"因为从周围的环境看不出这里到底是阳间还是阴间，所以我忍不住把心中的疑问说了出来。

"什么阴间？什么死了？呸呸呸！我的好春儿，别说傻话，我还想多活几年，不要老是咒我死。我要看着你结婚，生小孩，然后才能死。你爸爸妈妈都不在了，要是我也不在了，那你以后生小孩谁帮你带呢。

小孩子可不好带，又吃又拉，还爱哭，你肯定带不好。我可以帮你，别看我老了，带小孩子没问题，你爸爸和你都是我带大的。"婆婆把右手伸过来，看样子是想摸我的头。

我下意识地把头偏了偏，没让她摸。妈妈在世时就跟我说过，不要让任何人接触我的头，头是人体中最重要的部位，如果头被人家控制住了，那整个人便被控制住了，所以即使婆婆手无寸铁，我也不能让她摸我的头。

婆婆可能没想到我会避开，她愣了愣，望着我的眼睛，失望地把手缩了回去，低下了头，身体开始发抖，这让我感到很内疚，其实让她摸一下又有什么关系呢。

"婆婆，我的头有些疼，不能摸。"我大声地解释道。

婆婆点点头，似懂非懂地望着我，小声地嘀咕道："我知道你怕我是鬼。我不是鬼，我是人，你看我屋子里有灯，鬼是怕灯的，我不怕，我不是鬼，真不是鬼。"

婆婆的话让我大大地松了一口气，这里不是阴间就好，这说明我还活着，活着就有希望，活着我就要再到青城去，我得去把真相搞清楚，我要知道到底是谁想置我于死地。我把所有人都细细地排查了一遍又一遍，从白扬到那个香姨，再到那个我从未谋面却让白扬收留我的罗伯，他们都是有可能要害我的人，只是我跟他们所有人都无冤无仇，我活着对他们不构成任何危害，他们没有理由要害我啊。那么到底是谁如此憎恨我呢？

会不会是嫩毛？他和黑妹好了，他知道我喜欢黑妹，怕我的存在会对他有威胁。可是我走的时候只向嫩毛要了地址，又没有告诉他我会想办法进到别墅里去，他不可能知道我在哪里，也不可能知道我会怎么做。我用自己并不聪明的大脑想过这些后，便排除了嫩毛害我的可能性。

那会不会是杨复生呢？嫩毛去向他讨要地址时，他可能算到我要来

找他，便想办法让罗伯收留我，这样我就不会到处去打听，破坏他的名声。在我进别墅之后，他就想办法要置我于死地。这也说不通啊，如果杨复生要害死我，那白扬为什么又给我治伤呢？在我行动不便的时候，他就可以下毒手啊。

那会不会是与香姨一起来的那个男鬼呢？他有没有可能因为气白扬把我放在那里，所以想用火把我赶走呢？从白扬那几日惊慌的表情来看，这个倒是有可能的。可是那个家伙既然认识白扬，他完全可以正大光明地跟白扬说清楚，根本没有必要采取这种可耻的手段。我又不是街头无赖，不会死皮赖脸地赖在别墅不走的。

吃过稀饭，我帮着婆婆把树下的瓶瓶罐罐拾起来，又找来一个旧麻袋和几个塑料袋将它们装好，这样收破烂的人来了就可以直接卖了。之前为了给我找树叶涂包，婆婆把地上堆着的那些破烂搬了一部分出来，对着树叶一个一个地扔。只是她太老了，扔了好半天，也没砸下几片树叶。

对于她的这个做法，我虽然觉得很可笑，但更多的是感动，这个世上好人还是有的，先是白扬，然后是这个陌生婆婆，只是婆婆一直把我当作她的"春儿"，我沾了春儿的光。不知道那个春儿现在去了哪里，要是他回来看到我冒充他，会不会暴跳如雷？

收拾好东西，婆婆进屋去了，我则坐在门口休息。我看了看手臂上的那些红包，不知是被绿汁掩住了，还是真消下去了，包好像小了一些，而且真不痒了，看来树叶汁的效果还是不错的。那棵树不知道叫什么名字，树叶汁居然能够消除蚊子叮咬的包，这倒是一件稀奇的事。

妈妈从来没告诉过我这个方法，每次蚊子叮了我之后，妈妈都会用手指从嘴里沾一点口水，涂在我被蚊子叮过的地方，虽然不能立刻让包消下去，但是有一股凉丝丝的感觉，也挺舒服的。只不过涂过口水的皮肤上会有一股臭味，这让我很不喜欢。

这些树叶倒真是不错，有一股淡淡的清香，回头我走的时候摘一些带着，去工地送给黑妹，顺便看看她。女孩子家皮肤嫩，工地上蚊子肯定多，要是用这个树叶揉汁来涂，她肯定会少受些苦。

想到黑妹，我的心里掠过一丝甜蜜，虽然她跟嫩毛好了，但她始终是我最信任的人。我得去找她，告诉她我不找杨复生了，尽管这跟她没什么关系，但对我个人来说却意义非凡，因为只有找个人说过此事，我才能将它真正放下。黑妹就是我诉说此事的最佳人选。在村里的时候，除妈妈外，我最相信的人就是黑妹，有什么不开心的事我都会跟她说。黑妹有时会劝我，但更多时候是陪伴在我身边，轻轻地摸着我的头。黑妹摸我的头是经过我允许的。我不知道黑妹这次会怎么劝我，我猜她可能会让我回家，也有可能劝我继续找下去。

说真的，我不想再找下去了，我找杨复生干什么呢？为了找他，我差点连小命都搭上了，我管他是什么人呢。我曾经想过他可能就是我爸爸，不过我很快就否定了，他肯定不是我爸爸，如果是的话，他怎么能丢下妈妈和我离开家呢？而且这么多年一直不给我们消息，就凭这一点，他就是一个不负责的男人，所以即使他是我爸爸，我也不会认他，即便他是个富翁，我也不稀罕，他走他的阳关道，我走我的独木桥。

第十四章　我得偷偷溜走

我必须走了，还得偷偷溜走。

我在婆婆这里待了一整天，帮她把屋子收拾了一下，然后就待不下去了，因为她老是催我去上学，而且还真的拿出了一个黄书包，书包里面还有几本发黄的破书，拿在手里直往下掉碎渣渣。我认出那是二年级的语文书和数学书，书的第一页上都有用铅笔歪歪扭扭地写着的"赵明春"三个字，字的颜色很淡，但印迹还在。我估计这个赵明春就是婆婆嘴里的"春儿"。

我不知道赵明春去哪里了，婆婆认为我就是他，一口一个"春儿"地喊我，这让我很难受，我不知道是答应好，还是不答应好。应了，我就是欺骗她，因为我不是她的春儿；不应吧，她就那么迷离地望着我，我哪里受得了，我最见不得老人伤心。

我不能明目张胆地走，我怕婆婆不让，她一直认为我是她的春儿，如果让她眼睁睁地看着我走的话，那她不拼命地阻拦才怪呢。如果她不让我走，而我又一定要走，势必就会有一番纠缠，我会很为难的。为了避免出现这样的局面，我不能让婆婆知道我什么时候离开。

起先，我准备在晚上婆婆睡着后逃走，可是想到之前看到的那些大大小小的坟墓，我的心里就怕得慌。如今我已经确定自己还活着，但是我不知道那些烧房子的人会不会到这里来抓我，说不定他们就躲在附近

某个地方等着我。白天他们肯定不敢上门，怕我看到他们的脸，但晚上就不同了，借助于夜的黑，他们什么事都干得出来，我不能冒这个险。

思来想去，我准备明天早起走。刚才婆婆递给我书包时，为了不让她怀疑，我真的拎着书包在屋前的小路上走了走，把附近的地形大致看了看。路的两边全都是杂草和小树，没走几分钟，我就发现前面坡下有一个村庄，那里有楼房，也有平房，房前屋后有许多花草树木，村庄中间还有池塘，看上去很富裕。与那些房子相比，婆婆住的这个地方只能算是柴房。

我不知道婆婆为什么会住在这种地方，坡下的村庄环境那么好，她为什么不去那里住呢？难道她不是村庄的人吗？那她为什么住得离村庄这么近呢？也许她的子女们不孝顺，把她赶出来了。不对，婆婆不是跟"春儿"说他父母都不在了吗？那么她可能没有子女了，所以只能住在这里。

思来想去，我都没想明白。婆婆会不会是个疯子？也不对！如果婆婆是疯子，她怎么知道捡破烂卖钱呢？她知道哪些东西可以卖钱，哪些东西不能卖钱，她还会烧饭给我吃，知道早饭吃稀饭、中饭吃米饭、吃饭要吃菜，虽然她给我吃的菜都有一股怪怪的味道，但是最起码能下饭。我看了看那些咸菜包装袋上的生产日期，大都是一年前的，都过期了。我猜这些菜可能是婆婆捡垃圾时捡来的。其实这也没什么，我们村里女人们都很节省，两三年前腌的咸菜都还在吃。我知道菜是有保质期的，是在工地上干活时跟工友们学来的。现在想来，我虽然在工地上受了不少苦，但也长了不少见识，有些知识是我在乡下永远学不到的。

还有，我吃饭时，婆婆总是直勾勾地望着我，一副很享受的样子，眼睛里充满了喜悦。从这些来看，她不是疯子。可她为什么会住在这么差的房子里呢？这个房子真的很老了，我猜可能是谁家废弃不用的房子。婆婆住在这里，一个不小心就会一把火将这里烧光的。

我坐在坡上望着下面的村庄，心中感慨不已，感觉人与人之间还是有很大不同的。比如我，要是妈妈好好的，她肯定会让我读书。村里那些读书的孩子家境都不差，不管他们能否出人头地，但最起码不用像我一样四处奔波，去寻找一个完全不认识的人。有那么一段时间，我甚至觉得自己活着就是一个笑话。

在山坡上观望时，我发现附近有许多菜地，地里还有几个农妇在忙碌着，有的锄地，有的浇菜，还有的抬头朝坡上张望着。我怕她们看到我，忙把身体隐在草丛里。我看了看自己身上的衣服，除了最初找到的大褂子外，还有一条裤子。裤子是我后来在那堆旧衣服里找到的，只是短了点，穿在身上像城里女人穿的七分裤，不过总比没有好，它让我走路没了太多顾虑。另外，我还找到一双旧旅游鞋，只是有些脏，对于现在的我而言，有得穿就不错了，我没有更高的要求了。

等那几个女人都走了之后，我仔细看了看周围的地形。除了起先看到的村庄外，我还发现远处有一条马路，路上时不时地开过一些车辆，有大货车、小汽车，只是没有中巴车。明早我就沿着那条路走出去，我要到青城去找嫩毛和黑妹，然后再去找白扬，或许他能帮我找到杨复生。虽然我刚才还坚决地想着再也不去找杨复生了，但此刻我又改变主意了，如果我不去找杨复生，我活着到底干什么呢，无牵无挂，没人疼，没人爱，实在没什么意思。

所以我决定再去找杨复生。妈妈让我找他，自然有找他的理由，虽然我不知道这个理由到底是什么，但我相信妈妈，她是个聪明的女人，真的，这是我脑子里刚闪出的想法。如果可能的话，我还想找到罗伯，他可能就是杨复生也未可知。对我而言，他们都是谜，我很想知道谜底。

那天晚饭，我和婆婆吃的是白饭和咸菜，我对此很不满意。我想趁着天黑到坡下菜地里拔一些蔬菜回来，不过我很快又想到，拔菜回来也没什么用，附近又没有水，要洗菜得到坡下池塘里，要是婆婆洗菜的时

候掉到水里淹死了，那我的麻烦就更大了。多一事不如少一事，我还是不要添乱了吧。

再说了，偷盗的事我从来没做过，就是我在城里时，在两天没吃东西的情况下我也没有去偷。我不敢偷，怕被人发现告诉警察，警察再把我关起来。我从小就被妈妈单独关在家里，知道黑屋子的可怕。

睡觉时，我打算睡在地上。我不想到赵明春的房间里去睡，可婆婆一直拉我进去，我只好走了进去。刚到门口就有一股霉味传过来，呛得我直咳嗽。再看那些墙壁，都是裂开的，缝隙里能插进去好几个手指头，老鼠进来更是轻而易举。我才不想与它们争地盘，在坟堆那边我被老鼠吓怕了，现在无论如何也不敢去招惹它们。

赵明春的房间正中间倒是有一张木床，上面铺着一些旧稻草，还有一床破被子，只是屋内光线实在很差，暗乎乎的，估计蚊子和虱子不会少，我可不想成为它们的晚餐，然后再被婆婆拉去涂那个树叶汁。我不想再涂树叶汁了，感觉脏脏的，虽然我平时也不太爱干净，但是那些绿色的汁水涂在身上，让我感觉自己变成了"蛙人"。

不过，在婆婆面前我是答应进屋睡的，并真的在赵明春床上躺了下来，我不想让婆婆不高兴。等婆婆回到自己的屋里躺下后，我悄悄地走到外屋，像昨晚一样斜靠在墙壁上，闭着眼思考该怎么溜走才好。这事肯定不能让婆婆发现，她一直把我当作赵明春，不知是看不清我的脸，还是头脑有些不灵光，不管怎么说，我不能告诉她我不是赵明春，否则她会伤心的。看她今天对我这么好，那个赵明春一定是她生命中很重要的人，我很想知道他为什么离开婆婆。从婆婆这里我肯定没法知道原因。

今天除了我拎着书包出去装样子那阵子外，其余时间婆婆只知道给我涂树叶汁，然后烧饭给我吃，再就是不停地望着我笑，一边笑一边还要用手摸我的脸。白天我没让她摸，晚上临睡前我忍了忍，终于没有再避开婆婆的手，因为我明天就要走了，如果不让她摸，我怕将来自己会

后悔，况且让她摸一下有什么呢，我又不会掉块肉。婆婆的手真的很粗糙，又硬又干，扎得我的脸生疼。我真担心她会划伤我的皮肤，虽然我皮糙肉厚的不怕划，但疼还是怕的。

睡觉前，我摸了摸上衣口袋，里面有五十元钱，都是五元一张的旧钞票，一共十张，有两张上面写着数字，还有一张被撕成了两半，用纸粘在一起，不知道它还能不能用。那些收破烂的家伙一定是欺负婆婆老眼昏花看不清，才把这样的钱给她，要换作是我，这样的钱是决不会要的。

这些钱是婆婆在我拎着书包假装放学回来时给我的，说是让我交学费，还让我告诉老师，下次我一定不拖欠学费了，婆婆卖了破烂就会有钱了。接钱的时候，我迟疑了一会儿，我真的很犹豫，但最后我还是接下了。我真的需要这些钱，没有钱我是去不了青城的，我必须回青城找杨复生。

天刚蒙蒙亮，我就从地上爬起来，把门轻轻地拉开。昨晚我没上门闩，只用凳子抵住了门，我怕上了门闩后，早上开门时会有动静，婆婆就会听见，那她一定不会让我走，我走的计划就会落空。我必须走了，真的，我不能在此地逗留太久，时间一长，婆婆肯定会发现我不是赵明春。我不认识赵明春，他的生活习性我都不知道，想装也装不了，继续待下去就会穿帮。假如婆婆发现我不是赵明春，她肯定会大吵大闹，就会引来坡下村庄里的人，我就会被人当作骗子，那是要被抓进派出所的。

这里离下面的村庄并不远，肯定会有人经常到这边来看的。一个年迈的婆婆住在这种地方，她自己又种不了田，虽然捡破烂能卖到少许钱，但是难以维持长久。由此我推断，村庄里的人一定经常接济婆婆，米和煤炉等日常用品肯定都是别人给她的。要是他们发现我不是赵明春，还拿了婆婆捡破烂挣的钱，肯定会把我暴打一顿。如今的我经不起任何风浪，离开了家乡，离开了青城，我就如一只丧家犬，走到哪里都

怕被别人打死。

在这个人生地不熟的地方，我的存在对任何人来说，都是无足轻重的。我越来越发现，如果在这里有人将我弄死，是不会有任何困难的。没有人知道我是谁，没有人知道我从哪里来，也没有人需要对我的生死负任何责任，这让我感到了生存的恐惧。

我又想起了那场大火，那些放火的人既然想烧死我，他们就不会轻易放过我。他们在大火现场没有看到我的尸骨，就肯定会在附近找我。我在这里待的时间越长，被发现的可能性便越大。一旦我被他们发现，婆婆肯定会跟着遭殃的，因为她不可能眼睁睁看着我被人打死，她会喊叫，那么想杀我的人肯定会连婆婆一起杀的，那样我的罪过就更大了。我不能害婆婆，她对我这么好。

在关门之前，我又朝屋内看了看，婆婆房间里没有声音，估计她还在熟睡。昨天婆婆真的太辛苦了，除了给我砸树叶、搓树叶、涂绿汁外，又给我烧饭，然后就是不停地催我上学。在我假装离开后，我躲在草丛里看见她把丢在地上的破烂捡回了屋子里，这样来来去去花了不短的时间，她一定很累。婆婆年纪应该很大了，我猜不出她的具体年龄，但肯定比我妈妈大很多。

"婆婆，对不起，我不是赵明春。"我将门轻轻地掩上，小声对着门说。然后我蹑手蹑脚地朝前走去。最初我走得很慢很轻，不久之后我便加快了脚步，大步跑了起来。地上全是杂草，即使是跑，动静也不是太大，应该不会惊醒婆婆。

第十五章　误入神秘村庄

跑到坡下，我回头看了看，婆婆那间小屋真是既小又破，给人一种摇摇欲坠的感觉。如果下一场雨，估计那里很快就会塌掉，这让我很担心。要是婆婆被埋在屋里怎么办，没人会知道，也不会有人来救她。

可是我又不能不走，我得去寻找杨复生，我答应过妈妈，答应过的事情一定要去做，如果我不去找杨复生，那我就对不起妈妈。妈妈与婆婆相比，妈妈在我心中的分量肯定更重一些，毕竟妈妈生养了我，跟我有血缘关系。

我低着头，强忍着眼泪往前走，不让自己再回头。我知道自己是不能回去的，如果我回去了，那以后我更走不了。有过这次离开的先例后，婆婆会把我看得紧紧的，决不会让我有第二次出走的机会。走出大约一里路后，我又有些不舍，再次回头看了看，婆婆住的房子已经看不见了，只能看到坡上那些树。我不知道婆婆早上醒来后发现我不在时会不会哭，我不喜欢看到老人哭，那会让我心碎。

在村里时，我曾经看过黑妹奶奶哭，那是黑妹姑姑死的时候，黑妹奶奶一把鼻涕一把泪，声音绵长而凄苦，哭得我的心好疼好疼，不由自主地跟着哭，所以我不能再想婆婆了，因为我本来就不属于这里，不属于她，我不能欺骗她。

不久，我开始小跑起来。小路虽然窄而长，但是我从小在农村长

大，又经常跟妈妈奔走于乡间，所以并不觉得难走，反倒是城里的路我感觉更硌脚一些。

在离村庄还有一半路时，我被路旁堆积的垃圾给惊到了。这里的垃圾真多啊，足足有一座小山那么高，而且大多是建筑垃圾。我在建筑工地待过，知道这些断砖、碎混凝土是很难处理的，工地老板经常在夜里偷偷用车子运出去，至于最后丢弃在哪里，我并不清楚。

在建筑垃圾上面，还有一些生活垃圾，有白色的塑料袋，有破旧的衣服，大人、小孩的都有，还有一些黑黑的东西堆在垃圾堆的顶上，不知道是什么玩意儿。这堆垃圾发出刺鼻的气味。我朝自己身上闻了闻，觉得我身上的气味跟这个差不多，不由得想到婆婆可能是在这里捡的垃圾，心里直反胃，我加快了脚步朝前跑去。

快接近村庄时，我停住了，因为我口渴了，如果能到村子里弄点水喝，那就再好不过了。村庄看上去很富有，这里的人应该不会太小气。村庄里最好没有狗，作为人，我倒是不怕狗，但是怕狗看到我会叫唤。我不喜欢让所有人都看到我，那样的话他们就会追问我从哪里来，要到哪里去，为什么会出现在这里，是不是做过什么坏事。

我不喜欢说话，因为即使我说了真话，人们也未必相信。人们总是说"眼见为实"，根本不愿意听别人解释，所以无论我怎么说，都会有人怀疑，与其浪费时间，还不如闭嘴为妙。

我慢慢地朝村口走去。第一户人家的门是关着的，大门紧锁着。我便又朝里面走了走，走到第三户人家时，我发现门是开着的，可门口没人，只有几只老鸡站在那里，歪着头看着我这个不速之客，旁边还有一头猪在那里望着我哼哼，不知道是什么意思。

我大着胆子叫道："请问屋里有人吗？"屋内没人回答。

这倒是奇怪了，难道人不在家还把门开着吗？是想诱我进去吗？我该怎么办呢？

说真的，好奇心驱使我很想进到屋里去看看，但我又不敢，我怕从屋里突然跑出人来，他要是抱住我，说我是小偷怎么办？嫩毛那年偷了他爸爸的钱，都过去这么久了，大家还记着那件事，每次一提起来，大家都直摇头，说他真是一块"废料"。

我如果平白无故地跑到陌生人家里，即便没拿任何东西，别人也会认为我有偷东西的嫌疑，否则平白无故地跑别人家里去干什么呢？要真是那样的话，我就跟嫩毛是一样的结果了。我坚决不能让这样的事情发生在自己身上。我想了想，决定离开这家，到有人的人家去讨口水喝。

在我转身准备朝外走时，背后突然响起了一个女人的声音："你是哪家的？过来说话。"

我朝后面看了看，发现屋里走出来一个五十岁左右的女人，矮矮胖胖的，眼睛很小，走起路来浑身的肉都在动。看见我，她笑了笑，脸上的肉挤成了一团。

我下意识地朝后退了退，对于胖女人，我内心有一种强烈的抗拒，她让我想起了香姨。

"我……我是过路的，想讨口水喝。"我小声地解释道，又朝后退了几步，准备离开这里。

"哎，你不是说要讨水喝吗？跟我进来。"女人朝我紧走了几步，仿佛怕我跑了。

我吞了吞口水，小声地说："我……我不渴了。"

"哎呀，这孩子，我看你嘴唇都开裂了，哪能不渴？来，阿姨帮你倒水喝。"女人走上前来，拉住我的右手，将我领进了屋里。

堂屋里，有一张七成新的四方桌子，桌子四边有四条长条凳，旁边还有一个灰灰的洗脸架，架子上面有一个红色圆塑料脸盆，上面搭着一条毛巾。再过去就是墙壁，墙壁的左边贴着一张年年有余的画，上面有一条大红鲤鱼在跳舞，看上去很有趣。

墙壁的右边贴着的画上，有一男一女两个笑着的胖娃娃，他们的脸蛋圆圆胖胖的，看上去极其喜气。有三个门与堂屋相连，两边的门都是关着的，只有一个朝外的门是开着的。女人把我拉进了这道开着的门内，我才发现这里是厨房。厨房里很暗，刚一进去便有一股腐烂的气味扑面而来。

"你等一会儿，我舀水给你喝。我家没有凉开水，水瓶里的水又太烫了，就给你喝水缸里的水吧。"女人终于松开了抓我的手，从旁边拿起一个塑料瓢，朝前方走去。黑暗的角落里放着一个大水缸，周围地上还放着一些东西，屋里太暗，我看不清具体是什么，感觉乱七八糟的。

女人弯腰在水缸里舀了水，然后走过来递给我。我抢上前接过来，也没顾上看，就"咕咚咕咚"地喝起来。虽然这水有一股怪怪的味道，但我还是一口气把它喝完了。把瓢递给女人后，我用手抹了抹嘴。

"我喝好了，谢谢阿姨！"我道了谢，转身朝门外走去。

可还没走几步，女人又喊住了我，大声地问："孩子，你肚子饿了吧。听口音，你是外地人吧，肯定走了不少路才到这里的，我家有剩饭，你要不要吃一点？"

我听到她说有饭给我吃，立刻双腮发酸，口水都流出来了。昨晚我没怎么吃饭，婆婆的咸菜有点发霉了，我怕吃坏肚子，今天就走不了了，所以只象征性地舔了舔。婆婆那里的米饭也是黄黄的，闻起来有一股怪味，当时我抬头见婆婆望着我，便强忍着吃了一点。现在经女人这么一说，我的肚子便开始"咕咕"乱叫起来。这个声音又大又吵，搞得我很不好意思。

在我迟疑不决的时候，女人从旁边橱柜里端出两盘菜，从里面各拨了一些放在一个半大的碗里，又端出一碗白米饭，然后把两个碗都拿在手上，热情地跟我说："来，孩子，跟我到堂屋里吃去。"

我的嘴里又涌出了一些口水，我跟在女人后面走进堂屋，然后坐在

大方桌前，大口地吞吃着那些饭菜。菜是凉的，饭还是温热的，我的肚子太饿了，这让我顾不得女人站在旁边正目不转睛地望着我。

很快我就把一大碗米饭和大半碗菜吃完了。我抹了抹嘴，站起来，望着女人感激地说："谢谢阿姨！"

可是我还没站稳，头便开始发晕，只好又重新坐回到长条凳上，眼前直冒金星。我望着女人小声地说："阿姨，我有些头晕。"

女人紧张地望着我说："孩子，你可能是太热了，刚才又吃了饭，所以一时供血不足，要不你在我家休息一下吧。"

我摇了摇发晕的头，又尝试着站起来，可头实在晕得厉害，我不得不又坐了下来。这下女人开始慌了，赶忙说："孩子，你还是到床上去躺一躺吧，你这样出去我也不放心，别是得了脑出血吧，那就麻烦大了。"女人伸手来扶我，我便听话地顺着她的手劲站了起来。

女人扶着我朝右边关着的门走去。走到门旁边，女人伸手握住门把手，用力拧开了门，将我扶了进去。我朝四周看了看，发现房间不是太大，里面有一张桌子，桌子上放着一些杂七杂八的东西，还有一张床，床也不大，上面有一顶白白的蚊帐，看上去很干净，比婆婆那里的不知道强多少倍。

"这是我儿子的房间，他这几天不在家，你在这里躺一躺，等你头不晕了再走。"女人朝我笑了笑，指着床说。

我把外衣脱了下来，光着膀子斜躺在床上。我的衣服太脏了，女人能让我在她儿子的床上睡觉，让我很感动，所以我不能把床弄脏了。

我很快便迷糊起来。我真的需要休息，这两天太累了，除了身体累外，心也很累。我一直弄不明白别墅那边发生过什么，我怎么到了这里。除此之外，我更担心放火的人会跟踪过来发现我，要是我再次落入他们手中，我觉得我将必死无疑。

女人出去了，并把门轻轻地带上了。我躺在床上想了一会儿，便进

入了梦乡。在梦里，我看到婆婆追了过来，她拉着我的手一直哭，一直哭，就是不肯放我走，无论我怎么解释都不行，我急得不知道该怎么办才好。

正在拉扯间，我听到有人在大声争吵，惊得我眼睛大睁，这才发现自己原来是在做梦。我迅速翻身跳了起来，飞快地走到门边，趴在门上探听外面的声音。

"妈妈，给我点钱吧，我身上没钱了。"年轻男子的声音。

"不行，整天就知道跟我要钱，你以为我是银行啊，我都老了，哪有钱？"女人的声音充满愤怒。

"如果你不给我钱，那我就去做人贩子，让你永远翻不了身。如果我被警察抓住枪毙了，就没人给你养老送终。"年轻男子的语气很无赖。

"你敢！你要是敢去做，我现在就把你的手给剁了。"女人的声音很大而且充满愤怒。

"那你给我钱，我就不做了。"年轻男子的声音小了下来，脚步声由远及近。

"不要进去。今天不知道从哪里来了一个孩子，说是来讨水喝，我看他饿得面黄肌瘦的，便给他吃了一些饭，没想到他吃过了竟然头晕，我吓坏了，赶紧让他到你床上去睡了。他现在还没醒呢，可怜的孩子。"女人的声音在房间外面响起。

"妈妈，你怎么可以让陌生人睡我的床呢？"年轻男子生气地问。

"你好长时间都不回来，我又不知道你今天要回家。再说了，一个外乡孩子，怪可怜的，睡一下子有什么要紧的？"女人的声音小了下来。

"别是骗子吧，吃了我家的饭，还要赖在我床上，真是少有。我得进去看看，如果是骗子，我就把他抓起来。"年轻男子说。

"不是骗子，只是要了点水喝，饭是我主动给他吃的。你别做那些伤天害理的事情了，你以前做的那些事让我天天担心，没过一天安心日

子。"女人的声音有些哽咽。

"哎哟，妈妈，你太胆小了，这年头什么赚钱做什么，死脑筋永远发不了财。"年轻男子的声音里充满了玩世不恭的腔调。

"算了吧，你还是让妈妈多活几年吧。"女人说。

"我先看看货色，只是看看而已。"年轻男子的话里充满着可怕的信息。

我赶紧飞身躺到床上，把脸朝外，闭上了眼睛，这样他们在门口就能看清我是睡着的，便不会进来细看。

门"吱呀"一声响过后，我听到有人轻轻地走近，在床边站了一会儿后，又缓缓地走了出去，也没有关门。

"妈妈，这小孩别是有病吧，那么瘦。要是他把细菌带到我床上就麻烦了，要是他死了怎么办，你怎么能让他光着上身睡在我床上?"年轻男子生气地说。

"应该不会死吧，只是瘦了点而已。"女人不安地说。

"这可难说，十个瘦子九个病，这床单我不睡了，你得给我换新的。"年轻男子愤愤地说。

"好，等会儿就给你换，这孩子虽然穿得脏，但是长得倒很周正，我看着就很喜欢。"女人的声音温柔起来。

"你要是觉得好，就留下他，给你当干儿子吧。"年轻男子生气地说。

"哼，你要是不争气，我还真想把这孩子留下来当儿子。"女人赌气地说。

房间的门被轻轻地掩上了，母子俩说话的声音小了下去。

"哼，要是惹恼了我，我就把他卖掉。"年轻男人气急败坏地说。

"……"女人的声音压得很低，我听不清具体说了什么。

我心惊胆战地从床上爬了起来，我不能在这里待了，如果再有外人

过来，说我带着什么病，那我会不会被他们抓走烧死？他们会不会与在别墅里想要烧死我的人是同伙？我一刻也不能在这里待了。

　　我趴在门上细细地听了听，没有再听到什么声音，便轻轻地拉开房门看了看。母子俩的声音在厨房里响着，嘀嘀咕咕地不知道说些什么，听语气像是在吵架。我抬脚朝外轻轻地走去，尽可能不发出声响。

　　走出大门，我飞快地跑了起来。不一会儿，背后传来女人和年轻男子的喊声，我不敢回头，怕一回头便被打倒在地。我拼命地向前跑着，还好村口没有狗，也没有人，这让我得以顺利逃跑。

　　离开了村庄，我朝前后左右看了看，径直朝右边跑去。之前我从坡上下来时观察过，只有往右走才能到达公路，到了公路后我就能搭车去青城。我别无选择，只能去青城。

第十六章　漂亮的母女

快到公路时，前面来了两个女子。她们长得很像，年长的四十多岁的样子，短发，长脸，眼睛很大；年龄小的那个眼睛也很大，留着盖过屁股的大辫子，长得水灵灵的，皮肤虽然不白，但看上去干净整洁。我猜她们应该是母女，两人一边走一边笑着说话，似乎在说什么开心的事情。

看到我飞跑过来，她们侧过身子让了让。在我飞身而过时，年轻女孩突然"噗哧"笑起来，我吓了一跳，下意识地看了看自己。我知道她笑什么，一定是笑我穿的衣服很奇怪。我不怪她，妈妈在世时常说，伸手不打笑脸人，爱笑的人肯定心地善良，心狠的人是笑不出来的，既然她爱笑，心肠一定不坏。我索性停了下来，向她们打听这里是什么地方，去青城该怎么走。

"这里是有名的收儿村，你居然不知道？你敢到这里来，胆子真不小呢。青城离这里有几十里路，路上不通大巴车，你去不了的。"年轻女孩一边说一边咯咯地笑着，大辫子一摇一摆的，仿佛跳舞一般。

"收儿村？是收小孩子的吗？"我吓了一大跳，脸色大变。怪不得刚才那个年轻男子张口就要把我卖掉，幸亏我跑得及时，否则后果不堪设想。

我朝公路那边看过去，做好随时逃跑的准备。公路离此处大约一里

路，不算太远，我抬脚就可以奔过去。只是青城离这里怎么会有几十里路呢，她一定是逗我玩的，我一个人再有能耐，也不可能跑这么远。

"小伙子，别听她的。这里以前叫寿佬村，后来村里发生了一些事，大家才叫这里收儿村，这只是说笑而已。"年长女人疼爱地拍了拍年轻女孩的肩膀说。

"可是我刚才去前面人家讨水喝，那家男的说要把我卖掉。"我小声地申辩道。

"那是故意吓唬你的，村里人喜欢开玩笑，你不要当真。"年长女人笑了笑说。

在我与年长女人说话时，年轻女孩拿眼睛在我身上瞟了又瞟，然后将脸斜向一边抿着嘴笑。她的笑很好看，让我想起了黑妹。

"怎么会叫收儿村，听着好怕人。"我望着年长女人问。

"以前这个村的人都长寿，大家便把这里叫寿佬村。后来不知道怎么回事，村里女人们生女孩子多，生男孩子少。农村人都有多子多福的想法，都想有儿子传宗接代，于是就有人贩子从别的地方偷男孩子来这里卖，搞得这里臭名远扬，大家便把这里叫作收儿村了。你是从坡上下来的吧，坡上那间屋里住着一位婆婆，她就是从外地到这里寻孙子的。她儿子、儿媳死得早，只留下一个孙子，祖孙俩相依为命，没想到人贩子趁婆婆没注意，把她年幼的孙子给拐跑了。好多年过去了，她的孙子不知道在哪里，婆婆一直不肯接受现实，还说人贩子被抓住了，招供说她的孙子当年被抱到这个村子里了。可是她的孙子现在不在这里，无论大家怎么劝说，她都不肯离开。如今她的脑子变得有些不清醒了。唉，真是造孽哟。"年长女人轻轻地叹了口气，拉着年轻女孩朝右边小路走去，女孩边走边回头朝我扮着鬼脸。

我用力地朝女孩挥了挥手，回头看了看山上，心中升起一种悲痛感。我不知道婆婆起没起床，要是她发现我不在屋子里，会不会伤心难

过，会不会到处找我呢？唉，不管她了，她是来找孙子的，我又不是她孙子。这么想着，我撒开脚丫小跑起来，准备在路旁等车子带我去青城。

站在路边，我等了好长时间，也没有一辆车子停下来，大家都像躲避瘟疫一样躲着我，就跟我在家时一个样，看来我又被这个世界遗弃了。我哭了，妈妈死后我很少哭。上次听到黑妹说小黄狗会想我时，我流了眼泪，那是因为心痛，现在是因为绝望，我不知道自己活着到底有什么意义。小的时候有妈妈在，我没想过人生的意义，现在经历了许多事后，我突然想到了这个问题，虽然这对于我来说很深奥，但是我又不能不想。只是想来想去，我都没想明白。

一辆辆车子从我身边疾驰而去，让我心中无比愤怒。我很想立刻化身为孙悟空，将他们全都拦下，问问他们为什么不肯停下来，为什么不愿意带我，哪怕停下来问一声也好啊，可我很快又否定了自己，既然他们不愿意带我，自然离得越远越好，这样他们就不会受到良心的谴责。

我相信路过的人都是善良的，如果他们在其他地方遇到需要帮助的人，一定会伸出援助之手。他们之所以不愿意帮我，可能是因为我看起来像个二流子，或者像个乞讨者，有谁愿意自找麻烦呢？这种偏僻的地方是非肯定少不了，如果换作是我，我也不愿意惹上麻烦。

我观察了一下地形，发现周围全都是山，除了我刚才经过的村庄外，我一直向前走了好几里路，都没看到其他村庄。山上的植物茂密得令人恐惧，虫叫声此起彼伏，不绝于耳。

我真担心走着走着树丛里会蹿出什么东西来。如果是一两只小兔子，我倒不怕，但如果奔出来一只大老虎，我就不知道该怎么办了。想到这里，我加快了速度，小跑着向前赶去。我跑得满头大汗，浑身发热，不知道该不该停下来，也不知道该停在哪里。

路过一片竹林时，我停下了脚步。我听妈妈说过，有竹林的地方就有人家。我站住脚朝前方看了看，没看到人家，却看到一条通往山上的

路。这条路被踩得亮亮的，看样子走的人还不少。那里会有人家吗？应该是有的，如果没有人家，要路干什么呢？我想上去看看，现在是上午，时间还早，如果上面没有人家，我再下来也没什么问题。我一个十几岁的男孩子，又不是女孩子，没什么可怕的，这么想着，我便朝山上走去。

山路很窄，很亮，很刺眼。眼下，它就如白蛇般游走在植物中间，让人凭空生出一种欲望，想要看看路的尽头到底在哪里，前面会不会是水塘，抑或是山洞。这种欲望就如女妖般在我体内滋长，让我不再看周围，而是沿着路一直向前，向前，就这么盲目地走下去。

走了好长时间，路的尽头还没有找到，我感觉累了。真的，之前虽然在村庄里吃了一点饭，但走了这么长时间后，我又觉得肚子开始饿了，估计跟这几天的劳累有很大关系。

我想找点野果子充饥，我觉得应该能找得到，这个季节正是采摘野果子的最佳时期。在家的时候，有一段时间，我想想是什么时候，可能就是我在家里用水浇床上爬的蚂蚁被黑妹奶奶发现之后，妈妈出门干活时会带上我，在妈妈到田里做农活时，我玩累了就在田埂上到处找果子吃。草丛中有野草莓，有小米苞，有酸鞭，还有野樱桃，这些都是我喜欢吃的。当时我真的吃了不少，也被刺扎得伤痕累累。如今想起过去那段时光，我心里暖暖的。那段有妈妈在的美好日子，以后再也不会有了。

小路仍在向前延伸着，我歇了下来。我太累了，汗水浸湿了我的衣服。我头顶上是火辣辣的太阳，脚边是热烘烘的空气，全身都被热浪包围着，没有一丝风和凉意。太阳公公是不是在提醒我，让我立刻返回到公路上去，所以才故意这么热的呢？

站在小路中间，我的头有些发晕。我回头看了看来的方向，公路已经看不到了，周围全是草和树，然后就是太阳和我了。我可能走得很远了，我想我应该停下来，返回到公路上去，然后继续沿着公路走。那里

有车子，有车子的地方就有可能到青城，就有可能找到杨复生，就能看到黑妹，只是我控制不住自己的脚，它们不听话地朝山里径直走去。

在一棵大树底下，我发现了一簇小米苞树，我赶紧走了过去。在下手摘果子之前，我看了看周围，没有发现有蛇的迹象。我很怕蛇，虽然这说出来有些丢人，但我是个实在人，害怕什么，喜欢什么，都会明明白白地说出来，从不藏着掖着。妈妈在世时曾说我这样的性格会害死我，我之前也深有体会，可一个人的性格是天生的，想要改变实在太难了，况且我也没有改的必要，我现在孤身一人，不妨碍谁，想怎么活就怎么活吧。

小米苞很多，很密，红得发黑。这里的土又不肥沃，怎么会长出这么肥壮的小米苞呢？我想不出原因。我之前吃的小米苞虽然也甜，但是没有这里的这么美味，汁水这么足。我必须多吃点，走进山里后，不知道什么时候才能吃上饭，我得在有得吃的时候，把胃喂得饱饱的，这样即使后来没有吃的，我肚子里还有存货，不至于饿得发慌。自从被白扬带进别墅后，我的胃也被养得娇气起来，到了吃饭时间如果不吃饭，它就会"咕呱咕呱"地叫，就像跑进去一只淘气的大青蛙。

吃过小米苞后，我开始有点精气神了，口渴也缓解了些，又有力气往前走了。我总感觉有个声音在我耳边不停地说："不能往前走了，不能往前走了，你又不熟悉情况，会有危险的。"可是我管不住自己的脚，我的身体和大脑各有各的理，各作各的主，它们之间的矛盾使我不停地朝前走，朝前走。

又走了一会儿，前面出现了一大片松树。我朝松针上看了看，没有发现毛毛虫。说来惭愧，我如今连毛毛虫都开始怕了，以前我是不怕的，可自从经历了那场大火之后，我变得胆小怕事了，只要周围有个风吹草动，我便浑身战栗，心跳加速，总想着往哪里逃才安全。

松树上没有毛毛虫，这很好，我就可以吃松针尖上的白色东西了。

那些东西我不知道叫什么，很甜，我怀疑是蚂蚁留下来的，要么就是蜜蜂吐出来的，总之能吃。松树树干上还有一种白色粉末，也是甜的，我以前在后山吃过。我在松树上找了找，也发现了一些，便伸手捏了一点放在舌尖上，除了甜之外，还有松脂香。我在前前后后的松树上找到了不少白色粉末，吃得嘴里都是松脂味。在嘴唇差不多麻木后，我又开始朝前走了。

大约走了两个小时，具体时间我并不知道，我是猜测的，因为我没有表，但我能看懂太阳的方向，刚才它在我斜上方，现在它爬到我头顶上了，以我仅有的小学文化，我觉得此刻应该是正午时分。气温变得越来越高，周围的虫子叫个不停，知了更是不知疲倦地大吼着，不知道它们是热了还是饿了，我真想送点小米苞给它们吃，如果它们吃饱了，就不会这么吵闹了吧？

又走了十多分钟，小路突然分出两个方向来，一条继续向前奔去，另一条则向右边分了开去，我不知道该走哪一条。我想了想，伸出手"石头、剪刀、布"比画了一番。我知道自己这种行为没有任何意义，只是对我而言，什么才算是有意义的呢？我想不出来。自从我来到这世界上，我就不知道自己存在的意义，在我长大的过程中，妈妈也没告诉过我，妈妈只是告诉我别害人，说害人会下十八层地狱的。

我知道十八层地狱很深很深，我不想下到那么深的地狱，便信了妈妈的话。妈妈是个聪明人，这一点我从没怀疑过，虽然我觉得她让我找杨复生是一个不明智的决定，但这并不表明她不是聪明人，她只是偶尔会失误而已，尽管我为此很辛苦，但我不怨妈妈，因为这个辛苦付出的过程，也让我尝到了许多乐趣。

比如，此时此刻我就对地上的蚂蚁产生了兴趣。这里的蚂蚁真有意思，又黑又壮，一会儿往左跑，一会儿往右跑，不知道在忙什么，那笨笨的样子让我想起了嫩毛。说真的，对于嫩毛，我是又爱又恨，但前者

大于后者。我在觉得生活没意思的时候就会想起他，要是他在这里，一定会很有意思。我们可以一起在山上找野果子吃，可以一起沿着山路奔跑，还可以跑到公路上拦车，随便做什么都很有趣。

不知从什么时候起，也许是从离开青城以后吧，我满脑子奇奇怪怪的东西，仿佛回到了孩童时代，想的问题也变得很奇怪，有时复杂得如深井，有时简单得如白开水，明明白白，一眼就能看到底。

经过一番思考后，我决定走分支的小路。我觉得分支的小路一定会比直路短一些，前方或许能找到尽头，至于找到尽头后我将要怎么做，我还没有想好。也许我会再次回到公路上，也许我会看看路的尽头有些什么，然后再做决定，不知这是不是随机应变的做法，也许是，我想。

分支的路比直路要窄一点，沿途还有少量黄沙。我用手捏了捏，感觉黄沙应该是从河里挖出来的。这么偏僻的地方，怎么会有河里的黄沙呢？难不成前面有河流吗？这真是一个天大的惊喜。我记得嫩毛爷爷在世时说过，沿着河流能到达许多地方，也许青城就在河流尽头也未可知，这样便可以给我节省一些钱。

我身上只有五十元钱，这是我的所有财产，我不能乱花。到青城后，我要把身上的衣服换掉。现在天气这么热，我全身都是汗水，衣服是湿了干，干了湿，我自己都能闻到馊臭味，要是再挨一两日，恐怕身上就要生虫子了。我得赶紧找水洗洗，太阳光这么烈，要不了一个小时，湿衣服就会被晒干，这样我就可以干干净净地去青城了。要是臭烘烘地去青城，只怕我还没到城里，就被城管抓住了。城里人讲卫生，爱干净，每天都洗澡，不像我们农村，我就是十天半个月不洗澡也没人管。

这么想着，我浑身便有了劲。知道自己走对了方向，我的心情也好了起来，有一种想唱歌的冲动。我的嗓子其实是不错的，我喜欢唱歌，喜欢大声地唱歌。妈妈在世的时候，在她没受村里女人的气时，她也会跟着我哼上几句。我们母子俩一边走一边唱，就是飞过的小鸟也会歇下

来听一听，跟着和上几句呢。

我需要被人重视，被人关心，无论谁对我好，我都会很感激。村里有些人虽然对我有敌意，但是还不算真正的坏，最起码在妈妈生病期间，我向他们借钱，他们多少都给了一些，而没有像工头那样把我打发走。起先，我恨过村里那些骂过妈妈的女人们，但现在我不恨了，我没有力气恨了，也没有力气记住她们的名字和脸。

周围闹哄哄的，知了大声地吼着，头顶上的太阳大睁着怒眼，让我觉得浑身都被火舔着，头更是胀得不行，脚也麻木起来，衣服穿在身上犹如千斤重。走着走着，身体仿佛不是我的了，我觉得自己飘了起来，周围的树全都朝我扑过来，并使劲儿地砸向我，世界在我眼前模糊起来……

第十七章　一群"野人"

　　我想我肯定睡了好久，否则身上怎么会这么舒服呢，就像躺在妈妈怀里一样。我只有在睡眠充足之后，才会有这种感觉。我很想睁开眼睛看看，只是无论我怎么努力，都无法睁开眼睛，我的眼皮像被什么东西压着，但耳朵倒是好使的，我听到了说话声。

　　"可怜的小家伙，他可能是被晒晕了，也有可能是中暑了。不知道是谁家的孩子，跑到这深山里来，家里人居然能放心。"我听见一个粗粗的声音说。

　　"就是。"

　　"真不负责。"

　　"不负责的父母，根本不配为人父母。"

　　有几个不同的声音附和着，随后我的头被什么东西盖住了，暖暖的，肉肉的，还有些硌人。我猜这应该是人的手掌，会是谁呢，我真想睁开眼睛看看。

　　"我怀疑他是逃学跑出来的，跑到山里来就不用上学了。这么大的孩子肯定是要上学的。"一个尖尖的声音。

　　"现在是暑假，估计他是来这里看风景的，咱们这里的风景还是不错的，虽然偏了一些。"一个软软的声音。

　　"搭把手，我们一起将他抬回去。"迷迷糊糊间，我又听到一个粗粗

的声音。

随后，我的手、脚乃至整个身体便腾空而起。我仍旧闭着眼，虽然我的大脑此刻十分清醒，我甚至还听到了远处的流水声，我想张开嘴巴说话，可不知为什么，我总觉得有种想吐的感觉，浑身没有力气，软绵绵、轻飘飘的。难道是我吃松脂糖中毒了？还是我中暑了？我会不会死啊？

抬我的人换了又换，我不知道到底是哪些人，我的眼皮睁不开，但我能感觉到身体在慢慢地朝前移动着，一会儿停，一会儿走，我还听到了长长短短的粗重喘气声，这让我很不安。他们是什么人呢？为什么要救我？其实，我活与不活对别人来说，都没有什么影响，我想不出为什么三番五次地有人来救我，这真是一件奇怪的事情。

不知过了多久，人群终于停下来了，接着我的身体也从半空中重新回落到地面上。刚一落地，我的眼睛便猛地睁开了，这种情形让我很不好意思，仿佛在告诉这些抬我的人，我是假装晕的，是想偷懒，不愿意自己走路。其实，事实真的不是这样的，我也不知道是怎么回事。我想我是解释不清的，便索性不吭声了，任由别人乱想去。

"醒了醒了，太好了。"一个粗粗的声音。

此刻说话的人就蹲在我面前。他长着满脸的胡须，我猜不出他有多大年龄，因为从面容上看他大约五十岁，满脸的皱纹，可是他的头发却是黑的，这让我很纠结。在大致想了想之后，我便放弃了猜测他年龄的想法，因为这跟我没什么关系，管他多少岁呢。我且叫他"大胡子"吧。

大胡子旁边还有四个长得比较黑的男人，他们的脸型不一，不过皱纹是相似的，都是那么吓人，仿佛家乡山上大大小小的沟壑，既多又肆无忌惮地张扬着。这些脸让我大吃一惊，我真想跳起来飞奔出去，不过我没有跑成，因为我的手给人抓住了。

"小家伙，你从哪里来，怎么跑到这大山沟里了？难道不怕给蛇咬

吗?"说话的男人脸上有一道深深的刀疤。

"你怎么不说话?"一个右手断了中指的男人指着我问。

在这两个人问我话时,其他人都直直地望着我,仿佛怕我跑了似的。

我缓缓地坐起来,呆呆地望着他们,假装听不见他们的话,其实他们说的每句话我都听得见,听得懂,但是我不想搭腔。自从在公路上被那些车辆拒绝后,我就不想说话了。我厌倦了跟别人解释我离开家到城市来的原因,有什么可解释的呢?

再说了,从小到大我都跟妈妈生活在一起,后来又跟阿拉花和黑妹接触比较多,她们全都是女的,就是后来遇到白扬,他讲话也是细声细语的,从来没有像这群男人这样粗鲁,让我一点说话的欲望都没有。

"唉,是个小哑巴,真可怜,怪不得跑到这山里面来了。"说这话的人是站在离我十多米远的卷发男人。

"不管了,老五,你去让荷花给他烧点好吃的。他可能饿了,没有力气说话,说不定吃过饭就好了。"大胡子吩咐道,然后微笑地朝我看了看,看样子他是这五个男人中的头头儿。

我望了望他的脸,还是没有说话。其实听完他的话,我是想笑的,笑他们没经验,连我是正常人都看不出来,不过我忍住了,有什么可笑的呢,其实我很可怜,哪里有资格笑话别人呢。这些人年龄比我大几倍,经验比我丰富,吃过的盐比我吃过的饭还要多。

荷花?这个名字真好听,应该是个女人的名字,不知道人长得是不是很好看,年纪是不是跟我差不多大。不过我很快想到,能烧饭的女子年龄应该都不太小,可是转念一想,我又否定了这个想法,黑妹的年龄就不大,她不就是到工地上给人烧饭的吗?

我真想看看那个荷花长什么样子,会不会是黑妹换了一个名字到这里来烧饭了?不过我很快又否定了这个想法。黑妹已经跟了嫩毛,自然

是嫩毛到什么地方，她就去什么地方，怎么可能跑到这深山里来，这里又没有房子可建。

在我胡思乱想时，那个叫老五的人慢慢地走了。他走路的姿势看上去有些奇怪，左脚有一点跛，但这不能掩盖他是这群人中最年轻的事实。因而，吩咐他去做事，并没有什么不妥。

"小家伙，你起来到阴凉处去坐，如果能走的话，我们就往住的地方走。"说这话的仍是那个大胡子。我细细地打量了他，发现他脸上的皱纹很多，皮肤很黑，不过年龄并不如我刚才想的那么大，可能是长年在野外工作的缘故，他比我平常看到的人要苍老一些。

我又看了看周围，发现自己置身于一大片树林中，半高的白桦树一排排地站立着，仿佛卫兵一样神气，既好看，又干净。白桦树长得真漂亮，我喜欢它们。从我们村子去龙潭镇的路上也曾有过一些小白桦树，只是它们还没长大，便被人偷偷拔走了，不知道是什么人干的，村干部查了好久都没查出来。为什么这个地方有这么漂亮的白桦树呢？这里离公路那么远，可能没人发现它们，所以它们才能好好生长。

我伸伸胳膊，甩甩腿，没什么不舒服的地方，便听话地跟在他们后面往前走。我并不害怕他们，因为他们愿意在这么热的天把我从山路上抬下来，说明他们都是善良的人，都是好人。对于好人，我从来不耍脾气。

"小伙子，你从哪里来？要到哪里去？怎么会到这个地方来？"大胡子继续问话。难道他看出我不是哑巴了吗？

我继续保持沉默，装作茫然地望着他们，在我没弄清他们的真实身份前，我是不会讲话的。在刚才走动的过程中，我做了这个决定，这样做的目的，一是为了保护自己，二是为了让自己的价值降低一些。

听过寿佬村的故事后，我意识到自己还是有危险的。我是半大小子，虽然不会被人拐骗走，却不能避开我被人家抓去做苦力的危险。在

城里打工的那段日子里，我知道了男人比女人活着要安全一些，只是要辛苦很多，要么凭脑子吃饭，要么靠体力吃饭。

我不知道这群人是出于什么目的将我带回来，是真心帮我，还是另有所图。这里到底是什么地方，怎么会凭空出现这几个人，难道他们是隐居深山的神仙吗？

这么想着，我朝他们多看了几眼。很快我就失望了，我在电视里见过神仙，神仙走路都是腾云驾雾的，都有仙风道骨，哪里像他们这样长得黑乎乎的。那么他们是一群被社会遗弃的人吗？如果真是这样，出于同病相怜的考虑，我倒可以在这里待上一段时间，休整一下，然后找机会离开，继续赶往青城。

想到青城，我捏了捏自己的腰，贴身的衣服里藏着婆婆给我的五十元钱，这些钱是不能丢的，它们是我到青城去的希望，没有钱，我不知道在青城该如何生活下去。随着时间的推移，我发现钱对我越来越重要。生活在城市里，没有钱几乎寸步难行。

"他听不见，跟他说了也白说。"刀疤脸看了看我，手动了动，看样子想给我来几巴掌。

"豆腐，别忘记我是怎么跟你说的。"大胡子望了望我，用手压了压豆腐的手。真是奇怪，长得这么凶的一个人，却叫这么软的名字，我在心里暗暗笑了一会儿。

我们继续往前走，水声渐渐大了，看来我起先的判断是对的，之前我在路上看到的黄沙估计就是从河里捞出来的。我不由得一阵兴奋，步子不由自主地轻快起来，有好几次我甚至差点跑到这几个人前面去了，不过我及时地控制住了步伐。我如今是个病人，别人刚才还把我抬着，要是一转眼我就神气活现地跑到最前面，就会让人觉得我之前的表现是装出来的，那就不太好了。

走了大约二十分钟，我们终于到达一条小河前。站在这里，我终于

发现其实这并不算河，应该叫作溪才是，只不过这个地段的水面比其他地方要宽很多，在阳光下远远望去如一条河。

在溪边的鹅卵石上，那个叫老五的男人正捧着一个瓷缸朝这边走来。

"老大，吃的东西弄好了，要不要现在就给他吃？"老五看了我一眼，抬头问大胡子。

"你饿不饿？饿了就吃点，不饿的话，就把衣服脱下来洗洗。你的衣服太脏了，一路上都是你身上的味道，把我们熏得都没法呼吸了。"被叫作老大的大胡子，眼睛盯着我的衣服，其他几个人都不约而同地笑起来。

我朝他们看了看，慢慢地脱下上衣，朝溪边跑去，把背影留给了这五个男人。我不知道他们到底是怎么回事，怎么会在这深山老林里待着。他们是什么人，会不会是逃犯？

想到这里，我浑身都是鸡皮疙瘩，头皮直发紧。如果他们真是从监狱里逃出来的犯人，那我的小命很可能就没了，再也没办法找杨复生了。杨复生，我到底哪辈子欠你的，让我这么辛苦地找你，直到现在我都不知道为什么要找你，找你的意义何在。妈妈，要是你泉下有知，你就托个梦给我吧，让我不要找杨复生了，那我就可以随便找个地方自生自灭算了，不用这么又惊又怕地活受罪。

溪水真清啊，里面还游着一些小鱼儿，它们在阳光下泛着金闪闪的光，偶尔还有许多小气泡冒出水面。除此之外，就是河底那干净的细沙和石子，在阳光的照耀下，干净、安详，就如沉睡中的婴儿。

放眼望去，到处都是鹅卵石，有大有小，颜色、形状各异。再过去，就是一大片毛竹。毛竹真粗啊，又高又大，才看第一眼，我就喜欢上了这里。毛竹林再向远处延伸过去，是高矮不一的树丛，那一片片绿色泛着无限的光芒，既亮又惹眼。

洗好上衣，我把它晾在地上，任阳光一点点地晒干水分。现在不知是什么时间，但肯定不是正午，阳光比刚才弱了一些。我从河里捧了一些水喝，发现这里的水真甜，又干净，喝在嘴里很舒服。要不是这里有人，我真想跳到水里洗个澡。

这里是什么地方？

怎么凭空冒出五个人呢？

难道他们在这里长住吗？

这些都是我想知道的，但是我不能问，因为我现在是哑巴，我必须继续装下去，不能露馅。如果他们真是坏人，哪句话惹他们不高兴了，他们也许会杀了我的。

"小伙子，你把衣服拿到树上晒，挂在树上晒比铺在地上晒要干得快一些。"那个叫老五的人跟我说。

我迅速抓起地上的衣服，朝旁边树丛奔去。这个时候我觉得我还是配合他们比较好，这样就不会惹怒他们。说实话，其他人我都不怕，我就怕那个叫"豆腐"的家伙，虽然他看上去比较瘦，但是一脸杀气。再看他脸上的那道疤，估计他不是什么好人，我得小心应对。

"你把衣服放那里晾好，然后过来吃饭。"老五指了指旁边的树丛说。

我立刻将上衣铺上去，让它舒展得更开一些。在这间隙里我还看到了两只黄色蝴蝶，它们正在草丛里的白花上飞舞着，一点都不怕人。

等我回到刚才的地方时，只有老五站在那里等我，其他人都不知去向了。

"肚子饿了吧，吃饭。"老五将端在手里的瓷缸递给我，又从口袋里掏出一个铁勺子。我朝他望了望，他的眼睛里全是善意，我的眼睛不禁有些发酸。

我知道自己应该说声"谢谢"，可嘴巴动了动，最后还是一句话都

没说出来。我接过瓷缸转身走到附近的树下，找个地方坐了下来。

借着眼角的余光，我看到老五弓着背低头往回走了，一边走还一边用手捶着腰，他的腰弯得厉害，看上去有些不对劲。

我抬起头朝前望去，发现前面的树丛里有棚子状的屋子，原来他们就住那里，他们是野人吗，居然在这种地方生活。

我看了看瓷缸里，饭占了一半，其余全是菜，有四季豆、冬瓜，还有三块鲜鱼和一些咸肉，这里的伙食还真好，味道也很好，不咸不淡，很合我胃口。

我猜不出他们是什么人，但这并不影响我的食欲。自从经历了那场大火后，我发现自己的饭量大多了，怎么吃都吃不饱。

第十八章　扼杀恶念

坐在小溪边，我狼吞虎咽地吃完饭，又将瓷缸在小溪里洗干净，然后摸了摸刚才洗的衣服，发现衣服干得差不多了。夏天的阳光真好，虽然很灼人，但晒衣服是顶呱呱的，加上周围又没什么东西挡着，衣服就更容易干了。

我把衣服穿好后，便提着瓷缸往棚子那边去了。刚才那几个人都不在，棚子附近的溪边有一个短发女人在洗碗，她长什么样子我看不清，但从她那胖胖的体型来看，应该不是小姑娘。我不怕女人，她们力气小，对我构不成危害。

"吃饱了吗？如果没吃饱，锅里还有，我给你去盛。"短发女人抬起头来望着我问。我这才看清她。她三十岁左右，脸圆圆胖胖的，眼睛小小的，长得很黑很壮实，不像我妈妈那样，仿佛风一吹就能吹倒。

我走上前去，将瓷缸放到她伸着的右手上，没有说话，虽然我也想跟她说声"谢谢"，但在我没弄清楚他们的身份之前，我觉得还是不要说话为好。

女人将我递给她的瓷缸和铁勺在溪水里荡了荡，又用灰色抹布擦了擦，再放进那一堆碗筷中。然后她低下头使劲儿搓了搓手，估计手上有油，她便在水里抓了一把沙子，细细地在手背上抹着。她似乎很享受这个过程，抹了好几分钟。

我朝棚子那边看了看，发现我刚才远远地看到的棚子并不是用草搭成的，而是用一种厚厚的布搭成的，很结实，要是雨天一定不会漏雨。这让我想起了我家那间老屋子，一到雨天，外面下大雨，屋内便下小雨，黑妹爸爸帮忙修过几次，可没过多长时间便又漏雨。要是我们也有这样的布，估计我和妈妈会少受些罪。在农村生活真的很难，什么都不知道，简直如同活在另一个世界里。

"小伙子，很奇怪这种布为什么这么结实吧？这是帆布，用特殊材料制成的，雨进不去。天真热，你看我全身都是汗，要是有空调就好了。你是不是在找他们？把你送回来后他们又到山里去了，只有我一个人在家。"女人见我盯着棚子看，笑着跟我解释着。我点点头，还是没有说话。

"小伙子，帮我拿一下东西，我一个人拿不了这么多，要是掉地上了，就会瘪上一大块，到时我又要挨他们说了。"女人朝我微笑着说。她端起了脸盆，脸盆里装满了碗筷，地上还放着一个砧板和一把菜刀。菜刀明晃晃的，在地上泛着光，刺得我眼睛疼，我的心思不禁动了动，心也跟着怦怦乱跳。

我拿起砧板和菜刀，跟在女人后面往棚子方向走去。女人走起路来很快，短发在风中飞来飞去，粗壮的背部呈现出很吃力的样子。我很想上前帮她端一下脸盆，但我没那么做，依我现在的境况，多一事不如少一事吧。

"小伙子，你把东西给我，如果累了，就到棚子里休息。"不知不觉中，我们到了棚子边上，女人将碗筷放到棚子里后，又出来站到棚子外，一边跟我说话，一边抹着额头上的汗水。

我听话地把东西递给她，但是没有走开。我虽然很累，但是我不能休息，那些男人们都走了，只剩下眼前这个女人，我可以从她这儿了解情况。

"你听不懂我说话吗？你是哑巴吗？感觉不太像，如果是哑巴，那你应该听不见我们说话。我们村里就有一个哑巴，他不会说话，只会哇哇乱叫，也听不到我们大家说话。可是你能听懂我说的话，我从你的表情里能看出来。哦，我想起来了，你是不愿意说话，对吧？也是，到这人生地不熟的地方，确实不能多说话。你进来吧，里面比外面凉快一些，有电风扇。"女人说完话就进棚子里去了。

女人的话有些冲，我有些不满，不想回答，也不想跟她说话。我跟着她进了棚子。棚子是用毛竹搭建的，毛竹之间用铁丝连接着，棚口的铁丝还是新的，估计他们住进来还没多长时间。我们站的这个地方应该是厨房，里面有液化气灶、电风扇，锅碗瓢盆都很齐全。这儿跟建筑工地里的布置差不多，里面的东西我大多都认识。

除此之外，棚子里还有一张大桌子，上面有三个水瓶、五个瓷缸，每个瓷缸里面各有一个铁勺。棚子的拐角处放着一张小桌子，旁边堆着两袋大米，边上还放着两只木桶，一只木桶是空着的，另一只木桶里有半桶水，水上还漂着一个红色塑料水瓢。

"你要是渴了，就自己弄水喝，冷水、热水都有。"棚口左边有一个长桌子，女人将脸盆里的东西依次排开，仿佛那是一群听话的孩子。

"喏，给你一张椅子，你要是没什么事，就帮我剥毛豆，陪我说说话。他们整天在外面忙，只有吃饭的时候才会回来，我都闷坏了。到这里来虽然能挣一些钱，但是真累，除了吃饭的时候有其他人，其余时间都是我一个人在这里。"女人一边嘀嘀咕咕地说着，一边将扎着口的袋子递过来。我再次望了望她，她的眼睛里没有恶意，我便把袋子接过来了。

在离棚口较近的地方，我找了一块空地蹲了下来，将袋子放在地上，解开扎紧的袋口。毛豆是青绿色的，既饱满又好看，比我家乡的豆子要大得多。我从袋子里抓出一把毛豆，认真地剥起来。我剥得很慢，其实我能剥得快一些，但我不愿意很快就把这件事干完，我得在这个过

程中把想知道的情况弄明白。

"喏，把袋子放在桌子上，然后你坐下来剥，这样便不累。"女人将碗筷排好后，轻轻地舒了口气，接着弯着腰把电风扇移了过来，又转身从棚子角落的暗处拿过来一个小木凳递给我，然后将棚子里面小桌子上的东西推到边上去，将小桌子搬到我面前来。小木凳很小，仅能容下我一半的屁股，但与刚才蹲着相比，现在这样让我非常满意，我可以轻轻松松地剥毛豆了。

"我去溪边洗菜，一会儿就回来。你在这里慢慢剥，不要着急啊，反正我的菜是一个一个地烧，现在离晚饭时间还早呢。"女人拎着几个塑料袋出去了，不一会儿我便听到哗哗的水声。

我一边剥毛豆一边观察周围，除了日常生活用品外，我在角落里还发现了一根粗壮的绳子，还有工具箱，单从这些我看不出这群人是干什么的。但从他们对我的态度来看，他们应该不是坏人。我见过城里的那些工头，他们对我从没这么和气过，也从没给陌生人饭吃过。这群人是干什么的呢？

毛豆剥到一半时，女人便进来了，手里拎着几个水淋淋的塑料袋，圆圆的脸红扑扑的，额头上全是汗水，手臂上也全是水，衣服粘在身上，显得更胖了。

"真热呀，但我还是喜欢这个时候在外面活动活动，这样精气神要好一些。小伙子，你剥得挺快呀，这样我便省心多了。唉，我真的需要一个帮手，可是他们都太忙了，这烧饭的活便是我一个人在干，感觉好累。"女人边絮絮叨叨地说着，边把菜一样一样地放到桌子上。她从那边桌子上拎出砧板，又把菜刀用抹布使劲儿地抹了抹。

我望了望她，希望她能多说一点话，这样我便能多了解一些信息，但我又不能突然说话，否则我之前不说话便成了伪装，这样做很不好，会让人觉得我是个大骗子。

"你不是附近的人吧?"女人一边切菜一边扭过头跟我说话。

我摇了摇头,又点了点头。我不知道该怎么回答她,如果这时我用语言回答她,肯定会方便很多,但是我不能说话,这真是难死我了。

"我也不是附近的,我家离这里有十几里路,在寿佬村那边。你知道青城最有名的收儿村吗?我是那里人。"女人很自豪地说。

收儿村?

十几里路?

有那么远吗?

难道我今天走了那么多路?

我心里一惊,不自觉地站起身来。真是太倒霉了,跑来跑去,还是躲不开收儿村的人,真是怪了,难道我与收儿村必定要有什么关联吗?如果那五个男人也是收儿村的人,那就糟糕了。现在他们会不会到山里去收男孩子了?如果真是这样,那我真是才出虎穴,又入狼窝了。不过还好,那些人现在都不在,我要逃还是来得及的。

看到我神色不对,女人笑了起来,大声地说:"看把你吓的,那里老早的时候叫寿佬村,因为那里的老人都长寿,后来那里有人贩卖小孩,所以大家私下叫它收儿村,其实那里的人早就不干那个营生了。只是那里的名声坏了,大家一提到那里就想起以前的事。那里的人也真不争气,虽然不贩卖小孩了,可不少人又染上了赌博。他们最初也赚了一些钱,可后来全都败光了。你别看那里的房子做得漂漂亮亮的,可那全都是表象,其实没多少人家真的有钱。你想想啊,有哪个赌博的人能真正富起来呢?不知道你有没有去过那个村子,那里现在没多少人住了,只有少数年纪大的人在家守着。你看我这样的都出来了,年轻力壮的就更别说了。"

女人滔滔不绝地说着,我听得很忐忑,不知道要不要说话。女人朝我看了看,从口袋里掏出一张皱巴巴的卫生纸,笑嘻嘻地问:"你是不是

要方便？我猜你肯定是想去方便，你可以去树林里，咱们这里没人来，你可以随地大小便，没人管，只要不让我看到就行，毕竟我是女的，虽然你还是个孩子，但终归不好意思。"

我摇了摇头，又重新坐了下去，继续剥毛豆。既然我答应帮她剥毛豆，就得把事情做完。妈妈活着时就告诉过我，做什么事情都要守信用，答应别人的事，就一定要完成。

"你多大了？怎么跑到这深山里来了？我是想挣钱，没办法才跑这深山里的。我们村离青城比较远，每天骑摩托车来回很不方便，我就托亲戚在这里找了个事做。你小孩子家跑到这里来，是不是迷路了？一定是。我听老五说他们在路上捡了一个小孩，吓了一跳，以为是人贩子丢的病孩子。看到你以后，我才知道不是。你虽然瘦小一些，可跟那些生病的孩子不一样，精气神不一样。"女人把纸塞进口袋后，又没完没了地说话。

我一边剥毛豆，一边思考着女人说过的每一句话，乃至每一个字。她说她是没办法才到这深山里做工的，那么这些人真有可能是逃犯。他们因为怕被人发现，所以会给女人很高的工资来留住她。他们胆子可真不小，还敢在这里搭棚子烧饭，难道他们不怕烧饭时飘出去的烟会引来警察吗？这种地方我都能来，警察怎么可能发现不了？如果他们是坏人，我该怎么办？是不是应该去报警？只是我这副样子，警察会相信我吗？警察会不会在抓他们的同时，把我也送进警察局里？这可是个大问题，我不能莽撞行事。

在我思考的时候，女人仍旧在说话，我没注意听她具体说了什么。她真的很喜欢说话，没完没了，这对我没什么影响，我的脑子完全被他们是逃犯的假设给占据了。我在想着怎么把这个消息放出去，而我自己又不会被牵扯进去。这里离青城不知道还有多远，一路上我也没有看到派出所或公安局。我没有手机，没办法与外界联系。如果女人有手机就

好了，我可以把它抢过来拨打"110"，这样警察就会到这里来，把这些逃犯抓走，而我趁大家慌乱之际就可以跑掉了。

对，我要走，立刻就走。在天黑之前我能走到公路上去，如果能拦下一辆过往的车那就好了。这么想着，我便起身将剥好的毛豆放在女人递过来的碗中，将豆壳用塑料袋装好，拎到棚子外面去。

棚子外面仍旧很热，知了在附近的树上不停地叫着，仿佛在暗示着什么。我拎着装有豆壳的塑料袋朝棚子后面走去，我得熟悉一下这里的地形，还得想想如何对付棚子里的那个女人。我不能杀她，我还从来没有害过别人，除了之前我曾经用石头把自己腿上的伤口弄大了一些外，我没做过其他坏事。

在刚才看到菜刀的一刹那，我是有过冲动的，可经过跟女人这么长时间说话后，我又熄了这个念头。如果我害了人，那么我将永远没法再去找杨复生，妈妈在地底下也不会原谅我的。

第十九章　哑巴没装成

我转到棚子后面，朝四周看了看。这里的树真多啊，全都长得很好，看样子这里的土地比较肥沃。要是在这里盖几间房子，那住着一定很舒服。不知道为什么，每次看到哪个地方好，我就想要在那盖房子，这可能与我和妈妈住的那几间房子老是漏雨有关系。

我转了转，在棚子后面把装有豆壳的塑料袋扔了，然后找了个隐蔽的地方撒了一泡尿，又往前后左右看了看。我发现附近的山虽然不是太高，但是树木茂盛，且沟壑之处深不可测，想要从这附近的树林中逃出去，肯定会迷路。之前我从公路进来的时候，看到竹子便以为有人家，现在才发现这种猜测是错误的，这里除了棚子之外，便只有漫山的花草树木，还有数不清的虫子。

虽然我叫小虫儿，但是真要把我与那些虫子放在一起，我还是很害怕的。不知道从什么时候起，我胆小的毛病又回来了，它让我时时陷在惊恐之中，时时担心有人会害我。我每天晚上都睡不好，常常觉得有人在我附近走来走去。最初我以为是妈妈，可每次我迷迷糊糊睁开眼睛细看时，却什么都没有。我想有些人已经让我有心理阴影了，我很害怕他们什么时候跑出来打我一顿，不过他们大白天应该不会来。

既然出不去，那我就另做打算。我不能拿自己的性命不当回事，别人不待见我没关系，但我不能不珍惜自己。我可是吃了太多苦的人，村

里老人们说过"大难不死，必有后福"，我不知道自己有没有后福，但求生的欲望却促使我不断地避开危险。

在虫子的叫声中，我还听到了鸟儿的鸣叫声，声音听上去那么空洞，那么平静，把周围的环境衬得神秘起来。这让我又想起了那些坟墓，在这枝繁叶茂的地方，说不定哪里就藏着坟墓。我从小就胆小，害怕孤单，可怕什么偏偏便来什么，这十几年，孤单时时伴随着我，所以我是一个背运的人。

站了一会儿，腿有些酸胀，我便蹲下来，斜靠在一棵大树的树干上。我不知道该怎么办，也不想立刻回棚子里，因为那个女人太喜欢讲话了。她不停地说，不停地望着我，眼睛里充满着疑问，满嘴都是问句。我猜她是想引我说话，有好几次我的话真的差点脱口而出了，好在我还算机灵，很快意识到这是一个陷阱，及时地控制住了自己的嘴，没有让话跑出去。我不能让那个女人知道我能说话，她虽然在怀疑我，但只要我没说出一个字，那她的猜测就只是猜测而已。

正在我陷入沉思时，我听到棚子那边传来了说话声："我们回来了"，随后听到了嘈杂的脚步声，我猜可能是大胡子他们回来了。我不能再在这里待着了，不能让他们看出我有逃走的想法，否则如果他们真是人贩子，他们肯定会找根绳子把我捆起来，那我就再也逃不出去了。我一个十几岁的孩子怎么可能战胜五个成年男人和一个成年女人，想都不要想。

我迅速站了起来，绕过棚子走了出去。啊，他们真的回来了，而且全都满头大汗，裤脚挽得高高的，仿佛刚从田里劳动回来一样。还好他们没有带孩子回来，而是扛的扛，拎的拎，拿着我不认识的工具。他们到底是干什么的？我很好奇。

"小家伙，我在上面看到你帮荷花做事了啊，不错不错，饭没白吃。"大胡子最先走过来。他把手里的铁锹放到棚口，进到棚子里面

去了。

荷花？是了，他讲的荷花，大概就是刚才跟我说话的女人吧，她那么胖还叫荷花，让我觉得有些好笑，不过我很快便控制住了自己。妈妈叫春花，可她全身干巴巴的，皮肤干枯如树皮，哪一点都跟花扯不上关系。我想也许人的名字都跟父母的愿望有关，父母肯定都希望把最好的东西给孩子，可是活着活着，我们都离父母最初的愿望越来越远了。

在上面看到我？

他们在哪里做事，居然能看到这边？

我猛地吃了一惊，抬头朝远处看了看。我不知道大胡子说的上面是哪里，在这棚子旁边、比这高的地方都是上面。

幸亏刚才我没有冲动，没做出什么可怕的事情来，否则大胡子他们在上面看到了，我就是死路一条。我的心扑通扑通乱跳，双腿发软，差点站不住了，不由得伸手扶住了棚子旁边的木条。

"你们回来了啊，茶在杯子里，全都凉好了，我就知道你们回来肯定要喝凉的。这天气真是热死人。"女人在棚子里说话，从声音里能听出她很高兴。

"今天咱们的收获可真不小，既捡了一个小家伙回来，又收集了不少有用的资料，这样到设计图纸时，就会少走不少弯路。这山里的路真长，桥造好了就能节省不少时间，道路修通以后，山里就可以大面积种植树苗了。"卷发男人一边放工具一边说话。

"是啊，咱们辛苦一点，施工时就会少费很多力气，所以说这设计必须得到现场勘测才行，纸上谈兵是不行的。"大胡子已经喝好了水，抹着嘴走了出来。

不一会儿，断指男人和老五也走了过来，大家都到棚子里喝了水，然后又都站到棚子外讲话。他们说得很热闹，我不懂他们在说什么，但听出他们说的不是买卖小孩子的事，心中的害怕便少了些，低头望着脚

尖发呆。

"荷花，今天晚饭加餐，烧个红烧肉，咱们得打打牙祭。菜吃完了，明天让豆腐到青城买去。"大胡子嘻嘻哈哈地笑着，然后冲着棚子里边喊着。

"好嘞，老大，我都准备好了，马上就烧。你们今天回来得早，我原以为你们最少还要一个小时才回来，现在天还没有黑呢。"荷花伸出头来，笑嘻嘻地说。

"今天做事比较顺，可能是因为来了客人的缘故。小家伙，没事的话，到我棚子里去坐坐。"大胡子朝我望了望，用手重重地拍了拍我的肩膀。

其他几个人也都过来了，还有那个豆腐，他晒得更黑了，脸上的疤也更难看了，红红的，像一条红色蚯蚓趴在脸上。看到他们走进来，我飞快地低下了头。我不能让他们从我眼睛里察觉什么，妈妈在世时说过，眼睛藏不住秘密。

"去吧去吧，老大喊你过去是好事。"荷花从棚子里伸出头来朝我看了看，见我没有动，便伸手推了推我。

我只好不情愿地跟上大胡子，磨磨蹭蹭地朝前走去。地上很烫，我那双从垃圾堆里捡来的破鞋已经抵不住热了，脚掌都被烫疼了。

在离这个棚子不远处，竟然还有两个绿色帆布棚子。刚才我站在棚子后面倒垃圾时，居然都没发现，当时眼睛不知道干什么去了，这让我心里又一阵慌乱，走起路来差点摔倒。

"小伙子，路可要走好，万一摔跤就不好了，地上全都是石头，还有断树根，插进脚掌的话问题就大了。"大胡子扭头朝我看了看，又在我肩膀上重重地拍了两下。

我抬头看了看大胡子的脸，没有吭声。我觉得大胡子话里有话，他说的摔跤除了真摔跤之外，我觉得还有另外的意思。是不是之前他们躲

在上面观察我？或者他们根本就没离开过，而是趴在附近树丛里监视我，看我到底是什么人，会不会伤害荷花。这么想着，我的脸开始发烫，汗水慢慢地从毛孔往外溢，心里说不出的难受。

大胡子住的棚子跟荷花烧饭的棚子差不多大小，但里面的东西不一样，有床，有桌子、椅子，尤其显眼的是长桌子上有好几本厚厚的书，还有笔、尺子、三脚架、望远镜之类的东西。这些东西我在工地技术员的房间里见过，我知道它们是用来测量的。

"这里条件艰苦，你凑合凑合吧，等到明天早上我们找车送你回家。"大胡子微笑着让我坐在椅子上，他自己则坐在棚子边上的床上。床上有席子，还有扇子，床头有好几本书。我望了望最厚的那本书，上面写着"桥梁规划实用大全"，这几个字我认识，它与我之前打工的建筑工地有些关联，我心里便安定了一些。

"老大，我明天到青城去买菜，荷花说肉和鱼都没了，你有没有什么东西要带给嫂子？"豆腐进来了，手里还握着一根嫩生生的鲜黄瓜在啃。他吃东西的声音特别响，黄瓜被咬得嘎嘣嘎嘣直响，诱得我忍不住使劲儿地吞口水。我朝他手上望了又望，肚子也忍不住咕咕叫起来。唉，我这肚子真的很丢人，吃饭才没多久居然又饿了。

"来，给你一半吃，很嫩的。"豆腐仿佛是我肚子里的蛔虫，随手将黄瓜掰成两半，将没咬过的那一半递给我。

"谢谢！"我想也没想就接过来，大口大口地吃起来。

"老大，他说话了，你真神了，他真不是哑巴，大家伙快来啊。"豆腐欢叫起来，声音又大又尖，还跑到了棚子外面。

我呆住了，这才想起自己无意中开口说话了，脸上禁不住火热起来。

"呵呵，看他的眼睛和神情就知道他能说话，我走南闯北二十多年，如果连这点都看不出，那不是白混了吗？"大胡子笑呵呵地说着，端

起桌子上的茶杯大口地喝水，眼睛里洋溢着快乐。

外面的人听见豆腐的欢叫声后，全都一窝蜂地跑了进来，甚至连荷花也拎着锅铲子跑了过来，围着我问东问西。

"你怎么跑这里来了？"

"你家里还有什么人？"

"你家大人呢？"

"你准备到哪里去？"

"你怎么会倒在地上？"

"你是不是从人贩子手里逃出来的？"

"要是我们不在这里办事，你热死了都没人发现，你不怕家里人伤心吗？"

"你是赌气跑出来的吗？"

……

面对诸多盘问，我不知道该从哪个问题开始回答，因为他们都望着我，都迫切地想知道答案，而我只有一张嘴，一时间哪里回答得过来。

在大胡子的组织下，大家把问题捋了捋，一个一个地问，我再一个一个地回答。我把自己的情况一五一十地说了说，但我没说寿佬村的那段经历，我怕荷花回去跟人泄露我的秘密，大家都感叹不已。然后我也知道了他们是从事工程前期工作的，这里将要造一座大桥，会把外面的路与山里的苗木基地连接起来，让山里人的财富走出去。我还知道大胡子是他们的队长，大胡子的家在青城，他离家一个多月了，豆腐与荷花是亲戚，也住寿佬村，老五、断指和卷发男人的家在更远的县城，他们都好久没回家了。

当我问他们想不想家时，大家都呵呵地笑了，说男子汉大丈夫要以事业为重，不能总是想家。只有荷花与他们不同，她说着说着便抹起了眼泪。她说她想孩子了，等这边的事情一结束，就立刻回去。那晚睡觉

前，我双手合十地感谢菩萨保佑，让我误入深山，我很高兴认识大胡子他们，他们是我这凄凉人生中一段美丽的插曲。

第二天一早，豆腐去青城采买生活用品，我没有跟着他去青城。大胡子没有提起这事，不知是没有想起来，还是因为怕我伤心，所以有意没提。我觉得这样最好，因为我还没想好该去哪里，要是那群放火的人还在青城等着我，那我去青城不是自投罗网吗？

我跟大胡子他们生活在一起，起先我帮荷花摘菜、洗菜，后来我又跟在大胡子他们后面驮测量仪器。虽然我不知道如何测量，但这并不影响我的热情，跟在他们后面，我感觉很踏实，觉得自己还是有些用处的。

有空的时候，大胡子他们就教我认字，教我看图，说多学知识以后会有大用处。大胡子还举了一个简单的例子，说："你就是做小生意，也要知道货物的名字，知道怎么写，否则到时吃了亏都不知道。"

自从离开学校后，我几乎将学过的知识忘得一干二净了，现在突然又要我认字，我兴趣不高，但是大胡子并没有放弃，指定断指男人和豆腐轮流教我，一天五个字，既要会读，又要会写。我被他们逼着、诱着，终于将原先那些跑远了的字追了一些回来。

大胡子又找了一些旧报纸给我看，并让我读报给他们听。虽然我读得吭哧吭哧的，还夹杂着难懂的方言，但大胡子他们并不嫌弃，反而说我的声音好听，还带着特有的地方口音，就跟唱戏一样，这让我找到了自信，第一次觉得学习其实是一件很有趣的事。

在与大家的交流中，我知道断指男人的手是在一次野外勘探中被石头砸伤的，而野外离城市远，等赶回市区后他的手指已经感染了，才不得不锯掉了。而豆腐脸上的疤，是他在一次野外作业时，一时头晕栽到了山沟里留下的。当时他的脸被石头划开了一道长长的口子，缝了十几针。现在一到阴雨天，他脸上的伤疤就会发红发痒。我还了解到，荷花的丈夫因为赌博导致家里一贫如洗，所以她不得不出来打工。

　　而他们也知道了我之所以叫小虫儿，是因为虫子的生命力强，好养，放在哪里都能活，这当然是我妈妈的想法。但是他们听后都没笑，纷纷说我妈妈给我取的名字寓意好，还说虫子生命力旺盛，人应该向虫子学习，无论在什么环境下，都要好好地活着，就是再难也不能放弃希望，只要心中有希望，总有出头的那一天。

　　他们说的话我似懂非懂，但我知道全都是好话。我知道他们同情我的遭遇，很想帮我改变命运，但我不想欠他们太多，毕竟我们只是萍水相逢，我没有理由索取太多。

第二十章　遇到巧姐

十月初，天气渐渐凉了，我不得不离开了，因为大胡子他们的勘测任务完成了，他们要回去休整一段时间，然后再奔赴江城，我自然不能再跟着他们。

我把自己的去向想好了，我要继续去青城寻找杨复生，我离开家乡的目的就是找杨复生，不能半途而废。大胡子他们对我很好，在此之前他们曾经说过，我可以跟着他们学测量，这样我将来就能有口饭吃，而不至于四处流浪。我也想跟着他们走，只是在离开的前一天晚上，我突然梦到了妈妈，想起了妈妈临终前抓杨复生照片的动作，我立刻改变了主意，妈妈的话我不能不听。

我跟着大胡子的车到达青城，一路上我都没说话，一直听着大胡子说。大胡子再三叮嘱我，到城里做事不要太鲁莽，做什么事都要三思而后行，对自己不利的事情，无论别人怎么诱骗都不要去做。我全都点头答应了，这些话以前从来没有人跟我说过，以后可能也不会有人跟我说了。我深深地感激大胡子，感觉他就像我爸爸一样。

到达青城的那一刻，我泪流满面，趴在座椅背上抽抽搭搭地哭起来。我不知道自己是为回到青城而激动地哭，还是因为要离开大胡子而难过地哭，或许两者都有。自发现自己没被大火烧死的那一刻起，我就想着要回青城，如今我终于回来了，却有了新的情愫。我舍不得离开大

胡子，我不知道自己这种矛盾心理到底对不对。在接下来的日子里，我又要独自面对一切，不知道自己将往哪个方向走，面对的将是怎样的生活。

我请大胡子让司机把我放在嫩毛所在的工地附近。在青城，嫩毛和黑妹是我最熟悉的人，我得先去找他们。经历了许多事情之后，我不再恨嫩毛了，既然黑妹喜欢他，那就让他们在一起好了，这种事情不能勉强。下车后，我朝大胡子他们挥了挥手，眼前又模糊起来。与大胡子他们相处的这段时间，是我一生中最美好的时光，我永远不会忘记他们的好。

车子发动后，大胡子突然拉开车门跳下来，将手机号码写在一张纸上递给我，说如果我有困难就给他打电话，随后他又从口袋里摸出两百元钱给我。我小心地接过纸条，放进贴身的口袋里，但是钱我没接。我们推搡了好一会儿，大胡子还是把钱塞给了我。他说出门在外，需要用钱的地方多，他身上只剩这些钱了，否则还会多给我一些。

我含着眼泪跟大胡子告别。看到他的车子消失在道路的尽头，消失在茫茫车流中，我突然很想大哭一场。我对将来一无所知，不知道以后还能不能再见到大胡子，我希望还能，希望我们再见面时，我能混出个人样，不要像现在这样如丧家之犬一般。

我要找到嫩毛和黑妹，我要告诉他们我找杨复生的遭遇，真的，我需要向人倾诉，我感觉很累很累。妈妈活着时，我有委屈就跟她说，妈妈会细心地开导我，让我退一步想，往好的方向想。妈妈说过，人活着就是要受苦的，刚生下来时就"苦啊苦啊"地哭着，后来在长大过程中，会遇到各种各样的苦，好不容易长大了，男人如果找不到好女人，女人如果找不到好男人，又全都是苦，既然苦是必不可少的，那么就要承受下来，苦中作乐。当时妈妈说这些话时，我一点都不懂，只傻傻地听着，现在我似乎明白一些了。

　　嫩毛所在的工地上，楼房已经做好了，工人们正在拆除墙外的脚手架。我上次来的时候，嫩毛好像说过还有几个月工程就要结束了。当时我得知他与黑妹在一起了，十分恼怒，他说的话我只听进去一小半。现在看着那些高楼，我心中禁不住长叹一声：世事变得真快啊！见工棚里还有人，我忍不住走了进去。

　　"嫩毛？没这个人，没有。"工棚里只有一个男人，他正低头趴在桌子上写着什么，说话时连头都没有抬一下。他面前摆了一桌子图纸，烟头扔得满地都是。

　　"那黑妹呢？"我紧追着问。

　　"黑妹是什么东西？黑妹牙膏吗？"男人终于肯抬头看我了。这是一个干瘦的中年男人，他的脸色暗黑，脸上的皱纹很深。

　　"不是黑妹牙膏，是一个胖胖的女孩子，皮肤不白，个子不高，爱笑，以前在这里做饭，我上次来的时候她就在这里。"我小声地解释着。

　　其实看到面前男人的相貌后，我就很不想跟他说话了。我不喜欢这种面相的人，但是我不能走，如果我走了，我不知道到哪里才能找到我认识的人了。

　　"你说的那个女的，是不是杨春芳，龙潭镇杨家村的？"男人想了想说。

　　"对对，就是杨春芳，她小名叫黑妹。"我愣了一下，立刻反应过来。

　　"这边工程还没结束，杨春芳就走了。"男人说完这话，又低头忙他的事了。我看到他一会儿用铅笔，一会儿用钢尺，似乎是在画图。

　　"那……老板，你能不能告诉我她去哪里了，我是她家亲戚，有急事必须找到她。"我嗫嚅了好半天，又换了一个称呼，想跟男人套套近乎。

　　"这个我哪知道，人家女同志去哪里，我哪管得着。"不知是我刚才那个"老板"叫坏了，还是我的打扮让他生厌，男人居然不肯抬头看

我了。

"谢谢了!"我又站了一会儿,见对方不理我,只好退出来了。

"乡巴佬,贱!"快到门口时,我听到男人说了这句话,并朝地上吐了一口痰。

我真想回过头去,吐他一脸唾沫。乡下人怎么了?招你惹你了?不就是打听个人吗?又没有问你要钱,哪里就贱了?

不过,我没敢那么做,因为我怕进公安局,怕被警察抓起来。同样是搞工程的人,大胡子那么平易近人,这个人却如此恶毒,让我心里充满矛盾和悲伤。

我叹了口气,抹了抹额头上的汗水,朝身上看了看,苦笑了一下。这身衣服是我在郊区一个小卖场买的,花了十五元钱。之前在婆婆那里找的衣服早就不能穿了,大胡子他们也曾给过我衣服,可我和他们的身材相差很大,他们的衣服我穿起来太不合适了,我就没要了,再说我也不想欠他们太多。

我低着头走出工棚,朝大门口走去。恶狠狠的太阳在我头顶上照着,仿佛也瞧不起我这个乡下人,我心中十分难过。到城里的那些日子,我每天都在想办法靠劳动挣钱养活自己,从没想过吃白食,他凭什么瞧不起我?

"哎,那个……那个小伙子,你是在找杨春芳吗?"我刚要走出工地大门,突然听见后面有女人的说话声,还听到了"杨春芳"三个字,于是我停下来回头看了看。

大门右边树荫下,站着一个似曾相识的中年女人。她皮肤黑黑的,脸瘦而干,身体极其单薄,仿佛一阵风就能吹倒似的。

"对,我找杨春芳,你知道她去哪里了吗?"我很奇怪她怎么知道我是来找黑妹的,刚才我进工棚时,里面只有那个男人,难道他打电话给这个女人了吗?不可能吧,他们看上去不是同路人。那么就只有一种可

能，就是她刚才听到我跟那个男人的对话了。

"我以前见过你，你几个月前来找过杨春芳吧，我原来和杨春芳住一个房间，你个子虽然高了不少，但是大模样没变，所以我一眼便认出你来了。"女人一边说一边微笑着。她的笑很温暖，很干净，让我想起了妈妈生病前的样子。

"阿姨，那你知道杨春芳去哪里了吗？你能告诉我吗？"我三步并作两步跨到她的面前，这才发现她比我矮不少。

我最近似乎长高了好多。大胡子那里的生活很好，每天都有肉吃，我的饭量又很大，常常吃得肚子溜圆，仿佛要把这些年没吃饱的饭全给补回来。荷花对我也很好，常常把我瓷缸里的饭压了又压，加了又加，好吃的菜也尽可能多地往我碗里拨。在这种情况下，我的身体在发生着明显的变化，长得很快。

虽然这只是小发现，可还是让我很惊喜。在眼下这种看不到希望的日子里，这无疑是一件令人高兴的事。妈妈活着的时候，总是让我找开心的事，今天我终于找到了一件。我想此刻我的脸上一定是笑容满面的，因为我看到女人再次咧嘴朝我笑了。她掉了两颗门牙，这让她看起来更老一些。

"这个……这个不太好说。"女人迟疑地低下了头，似乎有些为难。

"杨春芳是我表姐，她奶奶得了重病，我必须找到她。"我不得不撒谎。妈妈在世时不让我撒谎，可经历许多事后，我发现要想在这个世界上生存下来，总讲实话是不行的。我只能乞求黑妹奶奶别在家里打喷嚏才好，我不是故意咒她老人家死，这只是权宜之计而已。

"杨春芳跟一个大老板走了。"女人迟疑好半天后终于说话了。

"杨春芳跟一个大老板走了？杨春芳跟一个大老板走了？"我把女人的话重复了两遍，那些字就像钢棒一样，在我的头上敲了很多下，我晕沉沉地盯着她，眼前直冒金星，身体向前倾去。

我醒来时，发现自己躺在一张旧木床上，女人正坐在床沿上给我擦汗，床边的木椅上放着一只碗，碗里面有黄色的水。看见我醒来，女人慌忙站起来，把木椅上的碗端在手里递给我。我无力地撑起上身，就着她的手将那碗黄色的水一饮而尽，是十滴水的味道，这种味道我很熟悉。以前在家时，一到夏天妈妈就会在村口小店买一些十滴水回家。她体质不好，特别容易中暑，天气太热时她就会喝上两支。十滴水的价格不贵，降暑效果特别好。

"谢谢！"我重新躺了下去，浑身无力。

"小伙子，你千万不要在这病倒，我这里是工棚，不能留男人的。要是让工头知道我把你留在这里，他一定会辞掉我的。我没有文化，出来打工不容易，孩子在家念书，还等着我寄钱回去。"我相信女人说的都是实话，出来打工的女人大都是为了家和孩子才背井离乡的。

我挣扎了好半天才爬起来，还好我还能走，只要能走就好办。我颤巍巍地朝外走着。头很晕，但我极力坚持着，真怕自己会突然倒下，那样就会给女人增添麻烦。这么想着，我加快了脚步，即使倒下我也必须倒在外面。

女人跟了上来，她在旁边吃力地扶着我的胳膊。依着她那瘦弱的臂膀，我终于走出了建筑工地的大门，来到了外墙拐角处。我靠在墙壁上深深地舒了口气，眼睛直直地望着女人，我真希望她立刻改口，说刚才她记错了，杨春芳其实是到某某工地去了，地址是什么什么。

"小伙子，我告诉你，杨春芳真的跟一个大老板走了。那个大老板是开矿山的，以前是个驾驶员，家里有老婆，还有两个儿子。大老板喜欢丰满的女人，有一天他来工地找我们老板有事，杨春芳在洗菜，他一眼便看上了她，就想要她跟他走，工地上的人都知道。有些男人还羡慕杨春芳，说做女人就是比做男人命好，其实做女人真的不容易。"女人见我望着她，胆怯地朝后面退了几步，开口解释道。

"那……那杨春芳愿意跟那个人走吗？她是不是被逼的？"我急不可待地想知道真相，虽然喊黑妹为杨春芳有些别扭，但这种别扭跟我的焦急相比微不足道。

"我也不知道她心里是怎么想的。她应该是愿意的吧，要是不愿意的话，怎么会跟着人家走呢，这年头谁敢强迫谁啊？而且我还听说她跟那个大老板有约定，一辈子不生孩子。"女人想了想，继续说。

我望着女人，不知道该说什么。如果换一个人说这样的话，我是绝对不会相信的，可这些话是从眼前这个老实巴交的女人口中说出来的，她又是一位母亲，有什么必要造黑妹的谣呢？

"那嫩毛呢？他没有反对吗？"我不知道嫩毛知道黑妹的事情会有怎样的反应，对我而言，是狂风暴雨式的心痛。

"你是说那个原先跟她好的小伙子吧？"女人睁大眼睛望着我问。

我点了点头。我说不出话来了，双手不停地颤抖着。女人惊讶地看着我，往后靠了靠，想要离我远一点。为了避免再次晕倒，我紧紧地抓住了旁边的墙壁。

"他不在了，从脚手架上跌下来摔死的，你不知道吗？"女人似乎很惊讶。

"跌……跌下来摔……摔……"我的腿又开始软了，我不得不靠在墙壁上，惹得旁边经过的行人都朝我这边看着。

"嗯，是个意外，工地老板赔了十万块钱，他家里来人把钱领走了。那件事弄的动静很大，附近许多人都知道这事。可惜了那么壮的小伙子，说没就没了。"女人喃喃地说，满脸都是惋惜。

"杨春芳跟那个大老板走，是在嫩毛出事之前，还是出事之后？"我太想知道这个了，虽然知道这个也于事无补。

"出事前一个星期走的，我问过她为什么，她说她不喜欢那个小伙子，她几个月前被他占了便宜，只好跟着他进了城。"女人望着我的脸轻

声地说。她的声音越来越小，可能是看到我脸色不对了吧。

原来黑妹离开真有难言之隐，怪不得我当初问她，她不肯说。可是即便她不喜欢嫩毛，也不该跟那个大老板走啊，还一辈子不要孩子，她连我的小黄狗都那么喜欢，小孩子肯定会更喜欢的。我猜不出她走的时候是怎样的心情，她怎么可以那么做呢，真是傻啊。

不过话又说回来，要不是跟那个大老板走，黑妹想要摆脱嫩毛并不容易，也许这是她的无奈之举吧，一定是。我同时为嫩毛感到难过，年纪轻轻的，怎么说没就没了呢，他爸爸妈妈该怎么办？以前他爸爸当队长神气活现时，村里许多女人都咒他爸爸断子绝孙，没想到还真咒中了，看来人的嘴是多么毒啊，下次真的不能乱说话了。

这天晚上，我到底还是在女人所在的工地睡下了，跟看门老头儿睡在一张床上，这是女人安排的。我问怎么称呼她，她跟我说她名字里有一个"巧"字，让我喊她巧姐。巧姐跟那看门老头儿关系不错，我们俩说话的时候，那老头儿的眼睛一直粘在她身上。

老头儿姓金，巧姐叫他老金，让我叫他金伯，可老头儿不让我这么喊他，他让我喊他老金头，说这样听着自在一些。他可真是个怪老头儿，我只好听他的。

第二十一章　被吓坏的香姨

去找白扬是在两个月后，我的心情基本恢复平静了。如果见了白扬，我想好怎么跟他说了。我是不会怪他的，他与大火一定无关，如果他想害我，之前就不必救我，这个结论是大胡子他们分析后得出来的，我也觉得很对。

刚到青城那阵子，我想立刻就去找白扬，向他打听杨复生的事。他说他听过杨复生，后来又说没听过，不管他听没听过，嫩毛给我地址，肯定不是平白无故给的，应该是有依据的。但是巧姐劝住了我，她说："你饭都没得吃，哪还有劲找什么人，难道要饿死自己吗？不如先找一份事情做。"

我想想也对，便同意先找事情做，毕竟我不能老在巧姐这里吃白食，她可是有一大家子人要养的，我不能利用人家的好来欺负人家。可是我在青城没有熟人，又没有身份证，想要找一份工作并不容易，我只好请求巧姐帮忙，求她看在黑妹的面子上帮我一把。

巧姐看我可怜，说会帮我想办法。没过多久，她就让老金头帮我弄了一个临时居住证，又介绍我到附近工地上去做小工。虽然我年龄不够，但是因为个子不矮，又有熟人介绍，便免了诸多麻烦。我总算落脚了。

在这期间，我总算明白了一个道理，就是永远别小看任何人，即使

是工地上的看门人也不要看不起。别看他们长得不起眼，也已经不再年轻了，但是他们都跟工地老板有着千丝万缕的联系，否则这份既轻松工资又不算太低的活儿，怎么会让他们去干呢。没有谁见过一个工地的看门人，是由普通农民工来做的吧。

我做的是杂活，谁叫都得去，算是跑腿的吧，每月有四百元工资，我对此已经相当满意了，毕竟我才十几岁，要是以前我想都不敢想。我说要感谢老金头，老金头连连摇头。他说我面相老，个子也不矮，看上去就像十八九岁的，所以他跟人介绍时，并没有费什么周折。不管怎么说，我都很感激老金头和巧姐，没有他们伸手帮忙，我可能还在城市的街头流浪。

那边工程结束后，巧姐和老金头一起都到了我所在的工地上，巧姐继续在工地做饭，老金头还当门卫，工资也不少。我经常看见巧姐和老金头在一起说笑，俩人关系确实不一般，不过这跟我没什么关系，只要他们不赶我走就行。

慢慢地，我还知道巧姐的丈夫三年前死于癌症，现在家里有六七十岁的公婆和正在读高中的孩子，也就是说，巧姐的孩子比我还要大。每次看到她，我都想起妈妈。要是妈妈还活着，我一定把她接到城里来，让她看看城里的高楼大厦，看看城里的车水马龙，看看公园里的过山车什么的，不再受村里那些女人的闲气。

有时，我暗暗地思考，妈妈活着的时候为什么不让我去找杨复生，如果那时出来找，还真有可能找到，如今这么多年过去了，人和事都发生了很大的变化，找他越来越困难了。我想也许妈妈怕我知道什么吧，当然我这么猜测是没有依据的。大人们有时真的很奇怪，明明想知道的事情，偏偏自己不问，非要费许多周折去猜测，最后弄得不可收拾才后悔，但世上没有后悔药可吃。

工地上的人很杂，以跟我一样的农民工居多。因为我是老金头介绍

来的，所以工头对我比较客气。平时我所有时间都在工地上，加上嘴也甜，大家对我的印象都不错。我们每个月有一天休息日，许多人会利用这一天时间到工地外的商店里转一转，剪个头发，买点东西，或者出去"打野食"。这话是工友告诉我的，他说这话时眼神有些邪乎，笑得有些暧昧。

我不知道什么叫"打野食"，就悄悄地问巧姐。巧姐听到这话后立刻就不高兴了，狠狠地瞪了我一眼，说："你还是个孩子，怎么问这种事？你别学那些人，要是你妈妈地下有知会伤心的。"巧姐说这些话时十分生气，我便知道那肯定是不好的事，便不再问下去。管他打什么呢，反正我是不去的。

手头有点钱了，我便想着要去找白扬。我对那幢别墅不陌生，它就在青城，只不过工地在城东，那幢别墅在城市远郊，坐公交车过去要转两趟车，坐出租车的话估计要四五十元钱。我没有坐车去过，这是老金头告诉我的。老金头对我很好，有好吃的总不忘记喊我去吃点。我想这跟巧姐有很大关系，因为我有两次去他那里，巧姐都在那里给他做饭，看样子他们真要过到一起了。

老金头无儿无女，这工地是他的一个什么亲戚开发的，他们具体是什么关系老金头没说。他告诉我们他那亲戚看他孤身一人，便安排他来看大门，每个月工资一千多元钱。这些钱的一半都给了巧姐，这是老金头在一次醉酒后说出来的。那天晚上他喝多了，说自己无儿无女，钱要多了也没什么用，还不如给巧姐，说不定将来还能培养出一个大学生来。老金头说这些话时，我看见巧姐的眼睛朝下方看着，干瘦的脸上竟然有了一些好看的红晕。跟老金头在一起后，巧姐胖了一些，脸也开始变得有些血色，没有原来那么黄、那么黑了。

由巧姐我想起了妈妈。妈妈在世时活得很难，既没人说话，又没人关心，要是有个老金头这样的男人帮衬一下，或许她就不会死得那么

早。说起男人，我想起了黑妹爸爸，不知他是不是对妈妈有意思，每次他待在我家都舍不得走，直到妈妈使劲儿催他，或是黑妹妈妈找上门来，他才骂骂咧咧不情不愿地离开。黑妹爸爸自己有老婆，还有事没事地来我家，肯定是想占妈妈的便宜。如果他没有老婆，他也许会成为我爸爸，那么我和黑妹就成一家人了，嫩毛就占不到黑妹的便宜了。

想到嫩毛，我心里的火噌地一下烧起来了。他死了活该，他占了我的黑妹，让她从此背井离乡。不知她跟那个大老板过得怎么样，没有孩子的话她年纪大了怎么办，那个大老板会不会在她年老后不要她了……这些问题让我一直处于纠结中，好在有巧姐经常开导我。我已经把自己的事都告诉了她，我对她很信任，她对我就像妈妈对我一样好。

不久，在老金头的撮合下，我认了巧姐当干妈。巧姐劝我继续去找杨复生，不要胡思乱想。她知道寻找杨复生是我的精神支柱，我也意识到了这个问题，我活着就是为了找到杨复生。虽然妈妈生前没有告诉我杨复生是不是我爸爸，但从妈妈临死时的表情来看，他应该是的，要不然他就是跟我很亲很亲的人。

周末，我借了老金头的自行车，准备去别墅找白扬。我选择骑自行车是有自己的考虑的，这样既可以省钱，时间又可以控制，要是搭公交车的话，我怕时间晚了就回不来了。我明天还得上班，还有一堆事情要做。如果我旷工一天，工头就要扣五十元钱，说是给别人的工时费，我那几百元钱能经得起几次扣啊。

如今我的腿伤完全好了，只留下一个红色疤痕，有中指那么长，看上去像极了动物的鼻子。巧姐说我是疤痕体质，所以疤痕才会这么吓人，要是换作别人，可能就是一个平平的白色疤痕，时间久了就会褪去。对此，我倒不在意，反正我又不是女孩子，好不好看都没关系。

出发前，我把老金头那辆"永久"牌破自行车好好地拾掇了一番，上了油，紧了刹车，脚踏板也换了一个，这些都是我自己弄的。我在工

地上跟着老金头和工友们学了不少东西。老金头以前是修车的，年纪大了才不修的。可是老金头闲不住，一有空闲就给工友们和技术员的自行车紧个链条、抹点油，或者给电动车充充电什么的，整天乐呵呵的。

即便老金头不干这边的活了，他凭着修车手艺也能养活自己，或许这也是巧姐愿意跟着老金头的原因之一。我记得妈妈当年劝我学手艺时，曾经说过"荒年饿不死手艺人"，当时我不以为然，现在看到老金头这样，我终于相信了。如果我有个手艺，也许黑妹就不会跟那个大老板走了，可那时我不懂事，不知道喜欢一个人就要为她付出，我如今知道了，可是已经晚了。

由于不熟悉路线，我边走边停，既看老金头给我画的路线图，又不断地查看路牌，可尽管这样，我还是走得晕头转向的。我发现自己的方向感真的很差。我很后悔，要是当初去那幢别墅时记着路线就好了，就不会有今天的麻烦了。

当经过清水路时，我不得不再次停下来查看路牌。那个路牌标得很模糊，我理解能力又差，搞不清那复杂的箭头是指向左还是指向前。这个城市搞标识的人一定是个大学问家，他画的图很深奥，很为难我这个没多少文化的乡下孩子。

对着那复杂的路牌，我琢磨了好半天也不知道该往哪个方向走。如果走错了，那就麻烦了。我看了看时间，都过去一个多小时了，按照老金头给我估算的时间，这个时候我应该到目的地了，可现在我还不知道别墅的具体位置，所以我必须要找个人问问，最好是女人或老年人。我对青壮年男人有特别的抗拒，我也不知道具体是什么原因，可能与之前经历的那些事有关吧。

我前后看了看，发现除了来来往往的车子，就只有前面路边椅子上有个穿红衣服的女人。女人低着头呆呆地坐着，根据她衣服的颜色，我猜她应该是中老年人。在城市待的这些日子，我知道了城里人的习惯与

农村人大不一样，年轻女人大都爱穿老气的颜色，比如黑色、白色、藏蓝色，而中老年人则喜欢穿鲜艳的颜色，比如红色、绿色、黄色，这与我们农村正好相反。由此我判断前面那个坐着的女人一定不年轻了。看着路程不远，我便推着车子走了过去，省得上下车子麻烦。

"阿姨，请问大园别墅怎么走？"我推着车子走近那个坐着的女人，礼貌地问。

女人低着头，我看不清她的脸。

"阿姨，请问大园别墅您知道在哪里吗？"我换了一种问话方式。

"大园别墅在……"女人终于抬起头，但她脸上的表情很诡异，身体也在发生着变化。她迅速站起来，一边跑一边大叫："鬼……鬼呀！"

什么？鬼？

我也吓得尖叫起来，将自行车往旁边一丢，跟在女人后面跑起来。我实在太怕鬼了，之前被扔在坟堆那边我就已经很害怕了。经过与大胡子他们交往后，我的恐惧感有所减轻，但是前不久到城里听到嫩毛在工地上摔死的消息后，我又重新陷入了惶恐之中。每到晚上独处时，我就总觉得有无数个鬼影在我床边晃，其中有嫩毛，有妈妈，还有嫩毛爷爷，他们全都伸着长长的舌头，披散着头发，眼睛里流着红红的血水，吓得我常常从睡梦中大叫着惊醒。尽管巧姐和老金头告诉我，这个世界上是没有鬼的，但我仍然半信半疑。到这个陌生的地方后，眼前这个女人突然说有鬼，我就不由自主地害怕起来。

"你别害我，那火不是我放的，真不是我放的，咱俩无冤无仇，我没想过要害死你，你别来找我麻烦。"女人穿着高跟鞋，没跑多远就坐在了地上，双手不停地向我作揖。

我愣了愣，火？什么火？哪里有火？

很快，我的大脑里立刻涌现出别墅起火时的情景，鼻子也立刻闻到了汽油味和浓烈的香水味，还依稀听见高跟鞋撞击地面的声音，那声音

时大时小，时远时近，就如电影画面一样闪现在我的耳边。我的眼前猛地一亮，这个坐在地上的红衣女人分明就是与白扬一起来别墅的那个香姨。她刚才认出了我，虽然我比几个月以前高了一些，也胖了一些，但大模样没变。

"您是香姨吗？我是小虫儿，您不认识我了吗？"我蹲下身子望着女人问道。

"你是小虫儿？你没死吗？哦，那场火真的与我无关，我也不知道是怎么起的，真的不知道。"香姨不停地解释着。

我没有追问下去，因为我觉得把她扶起来是最重要的事情，要是别人看她坐在地上，肯定以为是我把她撞倒了，那我就是跳进黄河也洗不清了。我扶着香姨的胳膊，把她轻轻地搀了起来。在这里能看到一张熟悉的脸真是太好了，即使她对我毫无好感，那也没什么关系。

香姨朝我脸上使劲儿地望着，身体不停地颤抖，我不知道她是因为看到我紧张，还是因为想起了那场可怕的大火。香姨肯定没想到会在这个地方遇见我，就如我没想到会遇见她一样，人生的际遇真是很奇怪，冥冥之中仿佛有定数一般。

在香姨心情平复后，她带着我朝大园别墅走去。在拐过几个街道，又走了不少路后，我们终于到达了别墅所在的地界。这里是城市远郊，人烟稀少，我推车都感觉很累，香姨更是走得满身大汗。我想骑车带着她，可她怎么都不肯，我只好跟在她后面走路，自行车便成了我的拐杖。

走在路上，香姨时不时地偷偷看我，等我抬起头直视她时，她却把视线转向了前方，装作专心走路的样子，这让我很诧异。想看就正大光明地看呗，搞这么神秘做什么，我又不是女生，又不是不让人看。

这些都是我的心里话，我没说出来，也懒得说。自从到青城后，我除了干活就是想心事，性格比以前更加孤僻，常常会望着一个地方发呆，想着以前发生的那些事。我不知道这一切为什么会发生在我身上。

巧姐和老金头也发现了我的异样，见我闲着发愣的时候，总是支使我跑腿，拉着我说话，把我的思绪朝正常方向引导。

"小虫儿，你长高了不少。"香姨抹了抹头上的汗水，轻轻地说。

"嗯，大家都这么说。"我点点头说。香姨说话我不能不理，我还想从她这里知道更多信息呢。

"你长得跟白扬越来越像了，刚才我还以为是白扬来了。"香姨望着我的脸，吞吞吐吐地说。

我一愣，搞了半天说我是鬼，原来是把我当成白扬了，难道白扬出了什么事吗？香姨不是跟白扬在一起吗？我看见过他们一起来一起走，神情还很亲密，如今香姨这么说，是不是表明白扬不跟她在一起了？

我没敢把这个问题问出来，我怕话一出口，香姨会拔腿就跑，我又不能一直在后面傻追。如果她跟别人说我是抢劫犯，肯定没人不相信，那我将陷入新的困境中，还有可能在监狱里度过余生。

第二十二章　一片废墟

别墅所在的地方变成了一片废墟，地上到处都是黑乎乎的，连砖头都被烧成了焦黑色，完全看不出当初的样子，只有少量墙壁还站在那里，但也全被熏黑了，大铁门不在了，可能有人拿去卖钱了。

香姨告诉我，这里烧了一整夜，因为这里是远郊，周围又没有人家，上完夜班回家的人路过时，看到这边有火光才报了警，消防车来的时候，这里的火势已经蔓延开了，没法控制了，她和白扬都是第二天看报纸才知道这里起火了，他们都以为我死在了大火之中，因为不知道我的家在哪里，所以无法通知我的家人。这是香姨给我解释的她看到我喊鬼的另一种原因。

与几个月前相比，香姨苍老了不少，脸上出现了很多皱纹，眼睛红肿，神情恍惚，说起话来颠三倒四的，一会儿这么说，一会儿那么说。我脑子笨，初听时感觉自己听明白了，但想了想又更糊涂了。还有，我发现香姨身体比以前差多了，右手不停地颤抖着，唯一不变的是她身上那浓烈的香水味。

香姨说话的时候，我一直没插嘴，她说的好些话我是想了好半天才想明白的，但是有一件事我又犯糊涂了，就是关于白扬的。香姨之前说她看到我的时候，把我当成了白扬，所以说看见鬼了，现在她又说她和白扬都认为我死在了那场大火之中，那白扬到底是跟她在一起，还是不

在一起呢？是不是在我走了之后他们又发生了什么事情？我得找个合适的时机问清楚。

我跟香姨说起发生大火那晚有浓浓的汽油味，我说肯定是有什么人想害我，否则不可能弄汽油来放火。香姨最初很镇定，问我是不是闻错了，那个地方怎么可能会有汽油味呢，难道有阴魂作怪吗？可说着说着，香姨开始连连后退，一副惊魂不定的样子，我连忙上前扶住了她。

香姨站着稳了稳神，心神不宁地朝旁边看了看，小声地问我是不是得罪过什么人，或是与别人曾经结过什么仇。她说那别墅我住进去之前并没有人住，她平时也只是过去看看，打扫一下卫生，因为大家都认为那里闹鬼，是鬼屋。

鬼屋？我的妈呀！

我在那里住了十多天，都没有人告诉我这件事。这个白扬，我还以为他好心救我，原来是想把我当礼物送给鬼，还说什么是罗伯安排的，骗我一个没见过世面的乡下孩子。想到白扬那张漂亮的脸，我心里生出一种从未有过的厌恶，要是白扬在场，我真想当面吐他一脸唾沫，再给他来上几大拳，欺骗我一个可怜的乡下孩子有意思吗？

还有嫩毛，居然把鬼屋的地址告诉我，还说是杨复生的地址，肯定是成心害我！对了，他是怕我活着跟他抢黑妹，如果我被鬼吓傻了，或者被鬼缠住了，那他就可以心安理得地把黑妹据为己有。怎么样？害人者都没有好下场吧。

"哼！哼！"我在心里冷笑了两声，这第一声冷笑是为黑妹，第二声冷笑才是为我自己。

"香姨，你见过罗伯吗？"这个问题我必须问了，如果再不问，以后可能就没有机会了。

"他是我表哥，这房子就是他的，他几年前就去世了，然后这房子就经常闹鬼。我们曾经想把房子卖掉，可是没人敢买。你想啊，谁会买

一幢鬼屋。唉，烧掉也好，一了百了。"香姨说这些话时表情很平静。

香姨说出来的这个消息让我目瞪口呆。我呆呆地望着她，心里在猜测她到底是人还是鬼。我明明记得白扬跟我说过，是罗伯安排我住进这房子的，现在香姨却说罗伯死了几年了，到底谁说的话才是真话？香姨和白扬中肯定有一个在说谎。

"香姨，你是不是搞错了，白扬说是罗伯安排我住进这个别墅的，这种事他没必要骗我吧？"虽然我现在对白扬没什么好印象了，但是相比香姨，我觉得白扬更可靠一些。

"这个倒是没错的，确实是我表哥生前安排的。那时表哥病重，他家里又没什么亲人，只有我和白扬。你可能不知道，白扬是我表哥的养子。表哥临死前跟我和白扬说，如果有一个左手无名指断了一截的孩子过来找杨复生，就让他住进别墅里，随便住多久都可以。所以你那天血糊糊地躺在大铁门外时，我本来准备报警的，白扬看到了你左手的断指，不让我报警。他把你抱到了别墅里，还好吃好喝地待你，要是换作别人，早就被丢到一边去了。"香姨的话让我更吃惊了，我下意识地伸出我的左手，仔细地看了看，它多少年都是这个样子，没有什么特别的啊。

杨复生？突然听到这个名字，我竟然感觉有些陌生，虽然我在心里曾经多次跟他说话，询问他在哪里，如今他居然跟罗伯联系在了一起。这是一个什么样的男人呢？妈妈让我找他，这么复杂的一个人，即使我能找到他，他会理我吗？

"香姨，你知道杨复生是什么人吗？"我想知道杨复生跟罗伯是什么关系。

"是一个很不错的人。我表哥那年因为举报坏人，被打击报复而进了监狱，在那里认识了杨复生。听说杨复生很讲义气，救过我表哥的命。"

"香姨，杨复生还活着吗？我能见到他吗？"

"这个我不知道，表哥没告诉我，白扬可能知道得多一些，他跟表哥在一起生活了好几年，他们有时说话也是避着我的。"

"白扬在什么地方，我想去找他问问清楚。"我对白扬的坏印象开始慢慢消解，看来他没有骗我。

"白扬在青城看守所里，因为他打架伤了人。这孩子居然做这种傻事，我是后来才知道的。我还托人想把他弄出来，只是他把人打得太厉害了，一时半会儿是出不来了，估计要坐个七八年牢吧。"香姨说这话时眼睛是望着地面的，表情极不自然。

这又是一个惊人的消息！

白扬居然会跟人打架，我一点儿都不相信，每次白扬跟我说话都和和气气的，没看出他有与人打架的习性啊。如果说嫩毛喜欢跟人打架，那还差不多。嫩毛长得五大三粗的，说话都很冲，还喜欢对人指指点点的，别人跟他说话会被气得七窍生烟，不打架几乎是不可能的。白杨与嫩毛截然不同，斯斯文文的，长得又帅气，说话还细声细语的，别人爱听还来不及呢，又怎么会跟他打架呢？我得为白扬说句公道话。

"香姨，您是不是搞错了，白扬怎么可能会打架?"我直直地望着香姨问。

"搞错了？啊……啊，也有可能。"香姨的话变得模棱两可起来。

我叹了口气，没有再问下去。香姨的这种状态与我之前在工地时差不多，总是恍恍惚惚的，她说的话只能信一半，而且还不能较真，要是惹恼了她，她就什么都不会说了。

"香姨，别墅下面有没有暗道?"这个问题我是突然想到的，所以赶紧问了出来。

"暗道？没有没有，怎么可能有暗道，你别瞎说，要是让别人知道了，我们会倒霉的。"香姨赶紧摇头否定，还朝旁边看了看。

四周没有人，只有一条花狗在抬着腿对着一棵大树撒尿。撒完尿

后，花狗朝我和香姨看了看，飞快地跑开了。

香姨站了一会儿，便说自己不舒服，要先走。我虽然很想拉住她再多问一些东西，但看她面色苍白，浑身发抖，便任由她走了。香姨一边走一边朝四周张望，一副惊慌失措的样子。我很想送送她，顺便看看她住在什么地方，以便下次想起什么问题的时候好去问她，但是香姨看到我从后面追过来，吓得直朝我连连摆手，加快脚步朝前跑去。前面走过来几个男女，我只好退了回来。

我重新回到别墅，望着那些残垣断壁，心里不由得感到一阵难过。这么好的房子居然被一场大火给吞掉了，真的很可惜，要是在我们乡下，能住好几户人家，那些人也太可恨了。香姨说别墅下面没有暗道。当时我被大火吓坏了，拍打墙壁后明明有一个地方打开了，然后我便跌了下去，之后我还隐隐觉得自己被什么人跌跌撞撞地背着朝前跑。如果没人背我，我怎么可能跑到寿佬村那么远的地方去，那里我从没去过啊。其间，我还闻到一股很奇怪的气味。如果斯文的白扬跟人打架，会不会跟那个东西有关？我又不想拿他们的东西，他们有什么必要烧死我呢？是怕我发现秘密吗？那里到底有什么不可告人的秘密呢？

寿佬村离青城有几十里路，我是怎么到那边的呢？肯定是有人把我弄过去的。那段时间发生过什么，我没有一点印象，难道我被什么人下了药吗，否则怎么可能没有一点记忆呢？那个下药的人会不会是白扬？因为我吃的东西一直是白扬给我送来的，除此之外，我没吃过其他东西。

诸多疑点集在一起，让我的头越来越疼。还好我问香姨要了白扬所在看守所的地址，我得想办法找到他，只有见到白扬，才会真相大白。

第二十三章　再见白扬

想见白扬并不容易。我不知道他把人伤得怎么样，香姨说他肯定要坐牢，不过这只是香姨的说法，对于香姨的话我是半信半疑的。这个女人到底是怎样的人，我并不清楚，从她的打扮和过去对我的态度来看，她并不是一个值得我信任的人。但是她给了我白扬的信息，也许我能从白扬那里知道我想要知道的一切。

我去过看守所附近好多次，每次都只敢远远地站在门外望着。那里戒备森严，来来去去的人表情都很严肃，看上去有些吓人。我不敢过去，怕看门的人怀疑我是坏人，更怕警察以为我是白扬的同伙。如果他们把我也抓进去，那我就惨了。

在这个本就不属于我的城市里，我的生死对任何人来说，都是无关紧要的，这大概也是那些人敢把我烧死的原因吧。只是我到现在还没想明白，他们为什么要害一个手无寸铁的孩子呢？是不是这中间有什么误会呢？我觉得应该是有的。

那天跟香姨谈的话，我回到工地便全都告诉了老金头和巧姐。他们帮我分析了好久，觉得可能是白扬放的火，因为那些天里只有他和香姨接触过我，香姨不知道我要走，况且她又是女的，跟我接触不多，平时我们也无冤无仇的，只有白扬知道我第二天要走，所以他的嫌疑最大。至于白扬为什么要烧死我，我想不明白。老金头和巧姐分析来分析去，

也没分析出白扬害我的原因，反倒把我的思路弄乱了。我索性不去想了，只等找到白扬，让他为我揭开谜底。

我知道单凭我一个人的力量，很难在短时间内见到白扬，我便央求老金头帮忙。他跟我们老板是亲戚，在这个城市里多少有些熟人，会比我像无头苍蝇般乱窜要好得多。老金头答应得很痛快，但他有一个条件，说如果他帮我找到白扬，我就要认他做干爹。这对我来说没有任何问题，我本就是孤儿，多个干爹就会有人关心我，疼我，这是我求之不得的事啊，所以我想都没想就答应了。

一个星期后，老金头说要带我去见个人，他没说是见谁，看他的神情很神秘，我猜可能是见白扬，我的心不由得怦怦乱跳，但表面上我却装出一副满不在乎的样子。让我惊讶的是，老金头居然把我带进了青城市郊区人民医院。老金头跟医院的人很熟，不停地跟人打招呼，就连路过的医生也跟他点头，这让我十分诧异。难道老金头曾经是个大富豪吗，否则为什么这里许多人都认识他呢？

在医院烧伤科的病房里，我见到一个缠着绷带的人，他除了眼睛和脚没被绷带缠上外，其他地方大都被绷带包裹着。他是躺着的，当我站到他的床前时，他睁大了眼睛，似乎想要爬起来，不过他的身体不听他的使唤。从他的眼睛，我看出他就是白扬，可他怎么变成如今这副惨样呢？

"小虫儿……你没死……太好了……"果然是白扬，尽管他的样子变了，但声音没有变，我听得很真切。

"白扬哥，你不是在看守所吗？怎么会在这里？是不是被你的狱友打伤了？"我愣愣地望着白扬身上的绷带，想起了蚕茧。

"对不起……小虫儿……我不应该……把你送到……那幢房子里……虽然罗伯叮嘱过我，说如果你找来就让你住进去……我没想到香姨把那里弄成了……赌窝……他们还在那里存放了冒牌香烟……那把火就是他

们内部分赃不均引起内讧烧起来的……那天晚上跟你告辞后……我走到半路发现房子起火了……我想着你还在里面……就……就赶紧往回跑，想冲进去救你……可是火实在太大了……我冲进去就被熏晕了……然后……我就成了现在的……样子……"白扬一边断断续续地说着，一边剧烈地咳嗽。他讲的情况跟香姨说的完全不一样，我一时不知道该信谁的。

"白扬哥，香姨说你知道杨复生的事，你能告诉我吗？"这个才是我最关心的，香姨与白扬的恩恩怨怨我并不想弄明白。

"杨复生是我养父的狱友……我养父的名字叫罗大庆……大家都喜欢叫他罗伯……当时有人想害我养父……杨复生冒死救了他。杨复生告诉我养父，说他是被冤枉的，他根本没想害那个豁嘴女人，是那个豁嘴女人的哥哥跟他喝酒时在他杯子里放了药……然后让豁嘴女人跟他躺在一起，目的是想要他家的一块宅基地……杨复生醒来后，就被警察带走了，因为人证物证都在……他被判了八年有期徒刑……他只在牢里待了两年，就在一次劳动中突然得了急病。临死前，他告诉罗伯他有一个儿子……小名叫小虫儿，左手无名指断了一截，如果将来罗伯看到这个孩子，请罗伯关……关照……"白扬说话时断时续，但是我基本弄清楚了他的意思。

我没想到事情会是这样的，一直以来我和妈妈都受着村里人的冷眼，背着沉重的包袱，在村里抬不起头来。妈妈可能就是因为这事一病不起的，或许她在临死的那一刻，还在恨着杨复生，可谁知情况是如此复杂。

至于宅基地，我听妈妈说过，只是那时我年纪尚小，没怎么注意听，完全不记得是怎么回事了。我们搬过家倒是真的，那时妈妈身体不好，有风水先生说我家那老房子阴气重，风水不好，不利于孩子成长，妈妈便想着搬家。那时刚好黑妹家做了新房子，她家的老房子就借给我

们住了，这也就是为什么黑妹奶奶总在我家住的原因，其实是我和妈妈借住了她家的房子。

白扬的话虽然也让我生疑，中间有许多我不明白的地方，但是因为他身体的缘故，不能多说话，加上他又告诉我杨复生是好人，我便相信他了。不管怎么说，白扬是为了回去救我而受的伤，这个人情我得记着。

在我准备出门时，白扬突然拉住我的手，求我帮他办件事。我以为他是想找香姨，就赶紧把大园别墅不在了，以及看到香姨的事告诉了他。白扬摇了摇头，说不想知道那些消息，他托我办的是另外的事。

我盯着白扬，不知道该不该答应他。这城里的人和事都太复杂了，在短短几个月时间里，我就经历了太多可怕的事，这早就超出了我一个乡下孩子的承受力。我不想再节外生枝，只想平静地生活下去。我怕重新卷进纷争中，如果有可能，我还想回去看看我的小黄狗，不知它跟柳芽过得怎么样了。

在我迟疑不决时，白扬说话了："小虫儿……我原名叫赵明春……家里人都叫我春儿……我父母死得早，我跟奶奶相依为命……小学二年级上学路上，我被坏人带走了。那人把我卖给了寿佬村的罗伯……罗伯对我很好……把我当亲生儿子待。我读五年级时，罗伯不知道犯了什么事被抓走了……我就被送到了孤儿院……我当时想等我有钱了……就回去找我的家人。但是在孤儿院生活没多久……香姨就接回了我，后来她一直想办法控制我，让我帮她……做坏事。对外，我们以母子相称……那幢别墅……就是她的老窝。那里面有暗道，我想你能逃出来……可能就是从那里出来的……"

白扬的话让我目瞪口呆，虽然之前我就怀疑过别墅里有人在做坏事，但我没想到做坏事的人居然是香姨，可是香姨说的与白扬说的完全不一样，我该相信谁的话？可惜别墅全部被烧掉了，否则我要去查查看，然后向警察叔叔报案，那么就可以顺藤摸瓜，把那些坏人全部抓起

来，不让他们再祸害社会。

至于暗道，如果想找，应该是能找到的，寿佬村那边有出口，应该就在坟堆附近，但是这一切跟我有关系吗？我只是一个乡下孩子，只不过偶尔遇见了这种事，至于真相是不是白扬说的那样，我并不清楚，假如不是白扬说的那样，我不是自找麻烦吗？在城市里生活了这么久，我早已明白，不该管的事情坚决不能管。

赵明春？春儿？这两个名字听起来怎么这么熟悉？

啊，我想起来了，住在寿佬村附近坡上那个给我涂树叶汁的捡破烂的婆婆曾经递给我书包让我上学，书包里的书上都写着"赵明春"三个字，难道那个赵明春就是眼前这个白扬吗？事情真会这么巧吗？我不敢相信。于是，我弯腰把婆婆的模样跟白扬描述了一遍，又把在寿佬村遇到的那两个女人的话跟他说了一遍。

白扬哭了，说那个捡破烂的婆婆就是他奶奶，他小时候被蚊子叮了，奶奶都会找树叶搓成汁，涂到他被蚊子叮过的地方。

"小……小虫儿，你能再去看看我奶奶吗？顺便给她送些钱。我现在变成这样了，一时也动不了……你代我去看看她吧，但不要告诉她……我这边的情况……"白扬示意性地朝他的枕头看，我便伸手在他的枕头底下摸了摸，居然摸出两大沓钱来。

"这个，这个……"我呆呆地望着钱，不知道该不该答应白扬。

正在迟疑间，站在旁边的老金头将钱抓了过去，我扭头望了望他，没有吭声。

"这些钱……我……也用不上，你拿一半用……另一半帮我给……我奶奶……拜托……"白扬用力说完这些话后，就开始大口大口地喘气，嗓子里发出的声音十分吓人，我吓得狂叫医生。立刻便有护士、医生跑进来一大堆，大家大呼小叫地将白扬推出病房，说是要送急救室抢救，否则性命将不保。我站在一旁傻傻地发愣，还是老金头将我推出了医院。

从医院出来，我的心情很沉重。我想起了妈妈，想起了那个我从没见过的杨复生。妈妈让我找他，我没有找到，虽然知道了一些有关他的消息，但消息是真是假，我并不清楚。罗伯、香姨、白扬，他们之间有着怎样的秘密？甚至还有嫩毛，他是怎么弄到罗伯家别墅地址的？他们之间又有着怎样的关联？嫩毛的死难道真的是意外吗？……

回到住处，我在床上躺了好久，白扬给的钱就放在我的床头，我不知道该怎么做。巧姐和老金头劝我要么按照白扬说的，把钱留下一半，要么把钱全部自己留着，因为白扬估计是治不好了，医生说他的病情不乐观。他们还说我应该继续留下来再找找看看，说不定杨复生没有死，白扬是个病人，他说的话不能信，那个香姨呢，她是什么人我们都搞不清楚，所以她的话更不能信。可是我该相信谁的话呢？

那天晚上我睡得很晚，睡觉时我又把手放在心口上，希望能梦见妈妈，让她告诉我我该怎么做。以往每次只要我把手放在心口上，妈妈就会出现在我梦里跟我说话。可这天晚上妈妈一直没有来，不知她是不知道该如何处理才好，还是没听懂白扬说的话，要么就是她没有跟在我后面。自从遇上大胡子后，我好久没梦见妈妈了。妈妈是不是看到我过得还不错，很放心，便没有再跟在我后面了？还是她被那场大火吓怕了，再也不敢现身跟我说话了？这个我搞不清楚。

还有一件更为不妙的事，我发现大胡子给我的那张写有手机号码的纸条竟然不见了。那天去别墅找白扬时，那纸条我明明揣在衣服口袋里的，可听到香姨说有鬼时，我便跟着狂奔起来，也许在奔跑中我把纸条弄丢了。这可怎么办？

我仔细想了想，依稀记得大胡子他们是要去江城的。我知道江城离青城有两百多公里，那里的山区要建一座大桥，他们要在那里待上几个月，如果我要去江城找他们，时间应该是够的。他们是搞桥梁勘测的，我打听打听估计能找得到。但是我又想回家乡去看看，那里有我的小黄

狗，现在是秋天了，不知道它身上的毛有没有开始掉，个子有没有长高，会不会受委屈。

我前前后后想了整整一个晚上，在起床前我终于做了决定：先去寿佬村找婆婆，将白扬给的钱全部给她，再请寿佬村的人收留她，让她不再奔波，不用再捡破烂，安度晚年。等把婆婆安顿好后，我就去江城找大胡子他们，跟着他们多学点东西，多挣一些钱，把借乡亲们的钱全都还清。等我长大后，我要把杨复生的骨灰带回去，跟妈妈安葬在一起，让他们在地底下团聚。

很快，我又想到了一个棘手的问题，就是杨复生埋在哪里我都不知道，知情人都不在了。白扬已经死了，这是老金头跟我说的，那天他没能抢救过来。嫩毛也不在了，那只能找香姨问了。香姨之前说罗伯知道杨复生的事情，可罗伯死去多年了，那谁还知道杨复生的事情呢？

监狱！对，这是一个重要线索。

我得去杨复生待过的监狱打听他的消息，一个犯人如果病死在监狱里，那里的工作人员应该知道他埋在什么地方。但我同时又想到，杨复生死去好多年了，监狱里的人为什么不通知他的家属呢？

难道杨复生没有死吗？还是他们找不到我家的地址？

我和妈妈虽然搬离了原来的地方，但是并没有离开村庄，如果有人来找我们，应该是能找得到的，这说明妈妈生前没有得到过杨复生的消息，如果有过消息，妈妈不可能还让我出来找他。

第二十四章 杨复生出现了

我在那次见到香姨的地方等了好几天，都没有再看到香姨。于是，每天下班我都会去那个地方转转。我请人按照我的描述给香姨画了像，这样找起来方便很多。不久我便在香姨出来散步时等到了她。

看到我，香姨很吃惊，但没有像上次那么害怕了。等我说了自己找她的目的后，她松了口气，说："这个好办，你去江城市第二监狱问问，我表哥是从那个监狱里出来的，那里应该有他们的资料。只是你如果没有介绍信，又没有熟人的话，没人会给你查的。"

老金头说帮我找熟人，趁着这个空当，我去了一趟寿佬村，把白扬交代我的事情办了。婆婆的状态比以前更差了，看到我也不知道喊"春儿"了。寿佬村的村干部把她安置在村里的养老院里。我把白扬给的钱全部给了养老院的负责人，请他们好好照顾婆婆。婆婆之所以变成现在的样子，可能跟我的不辞而别有一定关系，这让我很不安。

一个多月后，我到达江城并很快找到了江城市第二监狱，看门的老头儿不让我进去，说周末里面没人上班。我仔细朝里面看了看，发现办公楼的一楼有个门是开着的，便央求他放我进去。在我塞了一包烟又说了许多好话后，老头儿终于同意放行了。

我小心翼翼地走到那个开着的办公室门前，发现里面只有一个工作人员。我胆战心惊地问候了好几声，那个工作人员才抬头看我。我语无

伦次地把自己的情况说了说，并表示希望能查查杨复生的资料，对方告诉我查资料要有身份证或者有关证明，而且必须在工作日才能查。

我失望地走出办公室。我孤身一人在这个陌生的城市里，哪知道在哪里能开有关证明啊，我也没有身份证。我走到角落里哭了起来。

"喂，小伙子，你在这里哭什么？"旁边有人推我。

我抬头看见一个中年女人，她手里拿着一个拖把，看上去像是打扫卫生的。

"阿姨，您认识杨复生吗？"我站起来问她。

中年女人笑了起来，摇了摇头说："不认识。"

"怎么会不认识呢？他在这里待过的啊，求您帮我找找吧。我妈妈死了，她让我来找杨复生，为了找他，我吃了好多苦。"我把之前发生的事都说了说，并准备向她下跪磕头。

"别……别，小伙子，我带你去问问保安老周吧，他在这里上班三十年多了，也许他知道。"中年女人真诚地说。

中年女人带着我走进门房，刚才那个收了我烟的老头儿听完女人的介绍后，想了想说："我知道杨复生这个人，当时他的事闹得这里人尽皆知。他是因为强奸罪被抓进来的，还被判了刑。杨复生进到这里后，那个女人又说她是被人逼迫着陷害他的，所以后来杨复生就被放出去了。"

"还……还能这样吗？"我张大了嘴巴。

"怎么不能这样？"保安老头儿反问道。

"大伯，那杨复生的地址您知道吗？求您告诉我吧。"我乞求道。

"杨复生很好找，你只要去开发区问问就能找到。他出狱后不知道怎么的就发了财，在开发区买了土地，开了一家汽车零配件公司。你可以坐公交车过去，车站就在前面拐弯的地方。"保安老头儿朝远处指了指。

我发了会儿呆，感觉跟做梦一样，难道我真要找到杨复生了吗？我

道了谢，赶紧搭车去开发区，心里七上八下的。

杨复生在开发区很有名气，我才问过两个人，便打听到他公司的地址了。

当我站在"江城市复生汽车零配件公司"大门前时，我还感觉云里雾里的，就跟做梦一样。这是一座很大的工厂，比我想象的要大很多，具体面积我不知道，远远地就听到一阵震耳欲聋的响声。

工厂门口，一个年轻保安正在用对讲机讲话。我上前问话时，他警觉地望着我，大声地问："你找杨总干什么？是不是来要钱的？"

我被噎得不知道说什么好，我身上穿的衣服确实很一般，但是我如今能够自食其力，用不着靠要钱过日子。

"我是他家亲戚。"我理直气壮地说。

"亲戚？算了吧，这两年来找杨总的人都跟你一样，要么说是他家的远房亲戚，要么说是他儿子，全都是骗人的，别逗了。"年轻保安大笑了起来，露出黄黄的大门牙，牙缝间还有青菜叶子。

"我真是他家亲戚。"我急得大吼起来，抡起拳头冲保安挥了挥。

年轻保安被我吓得朝后退了退。他想了想，把手中的对讲机提了起来，大声地说："队长队长，门口来了一个自称是杨总亲戚的年轻人，我要不要放他进来？"

"哎呀，什么亲戚，整天都是这些破人。杨总落难的时候，没看到一个人来帮他，现在杨总富起来了，这个也来拍马屁，那个也来套近乎，全是他妈的假货。"一个中年男人的声音在对讲机里愤愤地响着。

"队长，我该怎么办？"年轻保安朝我看了看，把背转了过去。

"让他有多远滚多远！"对讲机里传来粗鲁的声音。

年轻保安转过身来，将手一摊，无奈地跟我说："你也听到了，我们队长没同意让你进去，那我就没办法了，你还是走吧，不要在这里为难我了，我只是一个打工的。"

　　我朝旁边看了看，大门是关着的，只能从小门进去，年轻保安正好挡在门口，不用强冲的办法是进不去的。

　　年轻保安见我望着小门，赶紧用身体死死地抵住了小门，大声说："你不要冲进去，虽然我也很同情你，但是队长不让你进你就不能进，你要体谅我的难处。"

　　我没办法了，只好靠在墙壁上，想等年轻保安放松警惕时再冲进去。年轻保安估计看出了我的想法，把我朝远处推去，一边推一边说："你还是站远一点儿吧，老板的车一会儿就要过来，要是让他看见你站在这里，会罚掉我一个月工资的。"

　　我被年轻保安推得东倒西歪的，但我不甘心，便把背对着他，这样他推我便要多费一些力气，而我也不会被他推得太远。

　　在我俩推搡之际，由远及近开过来一辆黑色汽车，汽车喇叭使劲儿地叫了两声，年轻保安赶紧丢下我，朝保安室大步跑过去。我呆呆地望着汽车发愣。

　　汽车前门开了，从车上走下来一位胖胖的中年男人，他的头发倒向一边，脸圆圆的，眼睛小小的，看上去有点凶。他朝我看了看，大声问道："哪里来的野小子，怎么跑到这里撒野？"

　　"我……我是你们杨总的亲戚，是他让我来的，我们约好了的。"为了让他相信我的话，我撒了谎。

　　中年男人将头伸进后车窗里，跟里面的人说着话，因为离得远，我听不见他们说了什么。

　　很快，我便看见一个男人的头凑近了车窗，他朝这边看了看，不知道说了句什么，车窗很快又关上了。

　　厂区的大门缓缓地移开了，汽车朝厂区内驶去。中年男人目送着汽车进去后，扭过头望着我问："喂，你从哪里来的？叫什么名字？"

　　我紧张地望着他，小声地说："我是从青城来的，小名叫小虫儿，

大名叫杨空。"

中年男人朝我的脸上看了看，说："你跟我来吧，我们老板好像也是青城市人，不过他如今是大老板了，等会儿他跟你说话的时候，你最好不要老是提过去的事，这会让他不高兴的，知道吗？"

我愣了愣，如果杨复生不让我提过去的事，那我还有什么可说的呢，妈妈给我的照片在大火中遗失了，我没有任何证据可以证明我的身份。

我点头答应了，跟在中年男人后面朝前走去。我们先是经过吵闹的厂区，然后来到一幢办公楼前。这里看上去并不豪华，门口贴着"安全生产"之类的宣传口号，我没细看，因为初到这里就死盯着人家的东西看很不礼貌。

中年男人把我带到一间小会议室里，叮嘱道："你就在这里等着，别到处乱跑，等会儿老板会让人过来带你过去问话。"

会议室右边的墙壁上，挂着一些党建方面的资料，左边贴着一些质量认证方面的证书。我对这些没什么兴趣，随便扫了几眼便低头想心思。

在等待过程中，有一个年轻女子进来给我倒了一杯热茶，我接过来放在桌子上凉了凉，没过一会儿便把这杯茶喝了个精光。从早上出来到现在，我口渴得要死，肚子也饿得很难受，现在喝了一点茶，胃终于舒服了一些。

又等了十几分钟，刚才带我来的那个中年男人走了进来，他朝会议室看了看，小声地问："老板还没叫你吗？"

我摇了摇头，说："没有，只有一个姐姐进来给我倒了一杯茶。"

中年男人"噔噔噔"地走了出去，没过一会儿，他又走了进来，望着我说："你来吧，老板有空见你了。"

我快速站了起来，跟在中年男人后面朝前走去。走廊并不宽敞，加上楼下车间里发出的机械撞击声很大，吵得我的头很疼，我忍不住捂住

了耳朵。

中年男人在一个没有门牌的办公室门口站住，推开办公室的门，对着里面小声地说："老板，那个小伙子来了。"然后他往后退了退，望着我说："进去吧，好好说话。"

我低着头走了进去，在靠门最近的沙发上坐了下来。我没敢抬头看对方。

"你是青城市人？"办公室里响起了一个威严的声音。

我不由自主地抬起头，朝声音发出的地方望过去，这才发现对方居然是一个老头儿。老头儿坐在办公桌前，手里握着一支笔，正在不停地把玩着，他的头发全白了。难道这个人会是我爸爸吗？我爸爸这么老了吗？

"是，我是青城市人。"我小声地说。

"来，到这边坐。"老头儿放下了笔，指了指办公桌前的椅子。

我站了起来，小心地走到老头儿办公桌前的椅子旁，侧着身体坐了下去，低头望着脚。

"你叫什么名字？听他们说你是我亲戚？"老头儿继续问话。

"我妈妈叫我小虫儿，我大名叫杨空。"我抬起头来望着老头儿说。

"小虫儿？这个名字有点奇怪，杨空这个名字倒是有点意思。"老头儿笑了笑说，然后提高声音吩咐道，"把你的手伸出来给我看看。"

我下意识地把手朝背后藏了藏，我的左手无名指断了一截，这是个缺陷，要是让他看到了，多难为情啊。

"伸出来给我看看，别跟个大姑娘似的。"老头儿一脸严肃地说。

我想了想，慢慢地把双手伸了出去，这时门外传来"噔噔噔"的脚步声。

几秒钟后，一个十二三岁的漂亮女孩子冲了进来。她径直扑向老头儿，一屁股坐在老头儿的腿上，抱紧他的脖子，大声地说："爸爸，我的

芭比娃娃呢？从早上到现在，我一直在这里等着我的生日礼物，怎么，你又没买啊？"

"妞啊，爸爸这几天忙，在谈一个大生意，回头爸爸给你补上，乖。"老头儿的态度变得和蔼可亲，与之前判若两人。

女孩子抬头朝我看了看，眼睛瞪得圆圆的，大声地说："他不是你爸爸，他是我爸爸，你们这些穷鬼都是来骗钱的，真讨厌！成天让我妈妈担心，害得我也跟着跑来跑去的，你们都给我滚得远远的，永远不要来。"

我呆呆地盯着女孩子，心开始滴血。妈妈在临死前还惦记着杨复生，可他又有了孩子，而且比我也小不了多少，只是妈妈不知道，还在村里傻傻地等着。

老头儿打了一个电话，中年男人很快便进来了，笑着把女孩子哄走了。女孩子离开时，看我的眼神里全是敌意和鄙视。

"我女儿，惯坏了，都是她妈妈惯的。"老头儿苦笑着说。

我没有说话，妈妈让我找叫杨复生的人，我找到了，只是这个人是不是妈妈让我找的杨复生，没人能告诉我。

老头儿起身用力掀起桌子上的玻璃板，在下面用力地扒了扒，取出一张照片递给我，说："喏，这是我年轻时的照片，你妈妈那里也有一张，她给你了吗？拿来给我看看。"

我接过照片看了看。这也是一张老照片，颜色暗黄，照片上的男人与妈妈给我的不一样，妈妈给我的那张照片上的人是长脸、短发，这张照片上的人是圆脸、长发，完全不是同一个人。

我把照片还回去，小声地说："我妈妈给我照片了，可我把它弄丢了。"

老头儿脸上的笑收了起来，冷冷地说："你是谁？为什么要冒充我儿子？"

我吓得站起来，小声地说："对不起，我认错人了。"说完这话，我大步跑出了办公室。

下楼时，我看到了那个中年男人，他正在跟人打电话，一副唯唯诺诺的样子。看见我跑出来，他疑惑地望着我问："你和老板谈完了吗？这么快就走了？"

我低下头，小声地说："对不起，我认错人了。"

"认错人了？"中年男人重复了一句，然后赶紧朝楼上小跑而去。

我快步跑出厂区，在经过保安室时，年轻保安朝我笑了笑，讨好地说："想不到你真跟老板是亲戚，刚才对不起啊。"

我摇了摇头，小声地说："没事，不怪你。"

我小跑着离开了这家公司，到汽车站去赶回青城的最后一班车。

我坐在空荡荡的大巴车里，回想着刚才发生的一切，感觉自己的人生就像电影一样。我心里空落落的，我不会再来江城了，虽然大胡子他们也在这个城市里。

晚上八点多钟，我赶回了青城，进房间后我就把门从里面锁上了。我一下子倒在了床上，用被子把头死死地盖住。

巧姐和老金头站在门外不停地拍门。老金头大声地问："小虫儿，你找到杨复生了吗？他是不是不认你啊？"

我抹了抹眼泪，慢慢地爬了起来，大声回答道："那个人不是他，我认错人了。"

随即，我面对着家乡的方向"扑通"一声跪下，号啕大哭起来。

第二十五章　母债子偿

我坐在中巴车上，感觉像在做梦一样，路旁的树不停地向后面倒着，我的心情也随之发生着变化，眼前一片模糊。

我是回家开身份证明的。老金头要认我为养子，要我把户口和他的放到一起，户口所在地要求我开相关证明，说必须要办理正式的领养手续才行。这个我不懂，他们让我做什么我就做什么。这次是老金头陪我回来的。我们老板听说老金头要正式收我当养子，眼睛瞪得老大，连说："这怎么可以？这怎么可以？"

老金头这回倒是硬气，说："怎么就不可以了？我忙活了一辈子，老了就这一个心愿，你还阻止我，你还让不让老叔活啦？"直到这时，我才知道老板是老金头的亲侄子，老板很小的时候父亲就死了，为了帮老板的妈妈养家，老金头耽误了人生大事，后来年纪大了，索性就不打算成家了。

老板见劝不住老金头，便无奈地答应了，但他提出要我跟着老金头改姓金，说只有这样他才肯认这门亲。对于老板认不认我，我并不觉得有什么要紧的，我可以凭自己的能力生活，不用依靠谁。可老金头很在乎他侄子的感受，说他只有这么一个侄子，如果他侄子不同意，他会不开心的。看着老金头为此事愁眉苦脸好几天，做起事来也是颠三倒四的，我心中颇为不安。我跟老金头说我要回去跟妈妈商量一下，听听妈

妈的意见。

老金头一听就傻了，说："你不是没有妈妈了吗？怎么现在又冒出妈妈来了？"我便解释说："我要到妈妈的坟头去跟妈妈说一声，毕竟这对我、对妈妈来说都是大事。"老金头听我这么说，就点头同意了。他说要准备什么仪式，我对仪式没什么想法，也不去想以后的事情，我脑子里晕晕的，过一天是一天吧。如果说有想法，那就是想回去看看。老金头劝我说："现在是冬季了，等开春了再回去吧。你把身体养得棒棒的，这样你妈妈看着也高兴。"我觉得他说得有些道理，便没有反对。

整个冬天，我都在工地上忙碌着。老金头看到我，脸上全都是笑，整天哼着小曲来来去去的。巧姐回家了，老金头从自己的工资里拿了两千元给巧姐，让她给孩子念书。巧姐流着眼泪走了。临走前的那天晚上，巧姐把我喊到房间里，悄悄地跟我说，她这一回去就不再过来了，之前她骗了老金头，她丈夫其实还活着，只不过喜欢赌博，把家里的东西全都变卖光了，她一气之下就跑到城里打工了，现在她丈夫已经回心转意，保证以后再也不赌博了，加上他儿子马上要读高三了，所以她以后不会再来了。

巧姐让我好好对老金头，说老金头是个好人，好人得有好报。后来巧姐又说了一些话，我一句都没听进去。我心里不由得暗暗担心，巧姐这样做对老金头的伤害真是太大了，如果老金头知道了真相，他一定会难过死的。

巧姐走的那天，我和老金头送她上的汽车。在汽车站候车室里，巧姐不停地抹眼泪，嘴唇颤抖，有好几次她都望着老金头想说什么，我赶紧把话题给岔开了。我觉得这件事情还是不说比较好，就让老金头带着这个念想等下去吧，时间久了，如果巧姐一直不过来，老金头应该就慢慢地接受事实了。如果现在说出来，老金头会受不了的，他等了那么久，原以为是水到渠成的事，到最后却什么都得不到。

临近春节，老金头给我做了新衣服，我也用自己的工资给老金头买了一条烟。以前老金头是不抽烟的，但是他说如今有了后代心里高兴，必须要抽烟庆贺一下。我对这种说法感到很奇怪，别人高兴都是喝酒庆贺，哪有用抽烟来庆贺的？

后来有一天，我上班时鞋被钉子刮坏了，便回房间去换，发现老金头独自坐在门房里抹眼泪，我这才明白老金头已经知道巧姐不会再来了，他是"借烟消愁"。我便慢慢地劝他，让他少抽点烟，因为他还有我呢，我是他儿子，他不能不管我。老金头听了连连点头，说："对对对，我有儿子，我要好好地活下去，等着我的小虫儿长大，娶媳妇，生孩子，然后给我养老送终。"

过了正月初八，我启程回老家。以前，老金头每年都要跟老板到乡下去过年，但是今年因为有我在，他便没有回乡下去。我提出要带他到我家乡去，反正我都打算成为他的养子了，带他回家应该没有什么不妥。

老金头很高兴，说："我这身老骨头在城里都快待散架了，现在跟我儿子回家休养一下，顺便认认路，以后每年清明也好去乡下给你妈妈扫墓。"老金头这么一说，我的眼泪便下来了，心里既难过又高兴，难过的是妈妈那么早就离开了我，没享什么福，高兴的是老金头还能想到给我妈妈扫墓，我自己都从来没想到过。

坐在回去的汽车上，我终于明白妈妈为什么在临死前才让我出来找杨复生了。也许她心里早知道结果，也许嫩毛跟妈妈说过这件事，否则嫩毛不会说"找不找都无所谓"，妈妈之所以让我出来找，可能就是让我遇上老金头。老金头是妈妈送给我的人生大礼，否则老金头怎么会偏偏想着认我作他的养子呢，天下没妈的孩子那么多，他选谁都可以啊。

这么想着，我紧紧地握住了老金头的手，朝他笑了笑。老金头的手真粗糙啊，上面有许多老茧，但掌心是温暖的，我的心也跟着暖了。十个月前离开家时，我是悲伤着走的，心中无比忐忑，不知道该往哪里走，也不

知道能不能找到杨复生，可现在不同了，我是和老金头一起回来的，心里虽然还是有些不安，但是心境要好很多，因为我不再孤苦无依了。

老金头穿的是一身新衣服，在给我做新衣服的时候，他也给自己做了一身新衣服。他说："很多年没穿过新衣服了，现在沾了儿子的光，老了老了还来一个'老来俏'。"我被老金头说得笑起来。我说："我也好多年没穿新衣服了，以前妈妈在的时候，每年都说要给我做新衣服，可到后来全都没实现。我每年都只能穿一些旧衣服，要么是大人的衣服改的，要么是村里有小孩子的人家给的，总之跟新衣服无缘。"老金头听得心疼不已，说："以后干爹每年都给你做新衣服，你每年都能穿新衣服。"

"小虫儿，家里还有什么亲戚吗？"老金头又问我，眼睛里全是笑意。

"不知道，以前妈妈生病的时候没有。"我想了想回答道。

对于家里有否亲戚，我真不敢说有或是没有。以前我们家穷，妈妈又病着，即使有亲戚，他们肯定也躲着我们家。现在我仍然不富有，但手头有了一些钱，可以把妈妈生病时借的钱还给乡亲们了。把钱还给乡亲们，是我做梦都想完成的事情，妈妈生前曾经再三叮嘱我，欠乡亲们的钱一定要还！

之前我一直居无定所，也没有固定工作，便想着我这辈子可能都还不了那些钱了。认了老金头作干爹后，老板把我的工种做了调整，让我跟在工地技术员后面学施工，还让我到附近技校报名参加了施工培训。我一边学习一边工作，学以致用。老板还给我加了工资，我每个月能拿一千元了，除去日常开销，我每个月能存一些钱。眼下我的钱包里有三千多元钱，我能把以前欠乡亲们的钱都还上了。

"小虫儿，你别怪那些乡亲们，那时你妈妈病着，你们能在村里活下来，也多亏了乡亲们。这人活在世上啊，得想着别人对你的好，想着别人给过你的恩情，这样你才会过得快活和满足，那些对你不好的人或

不好的事，你就不要再去想了。"老金头语重心长地对我说。

"好。"我点点头答应了。老金头说的话有一定道理。想想我和妈妈在村里生活的那些年，如果没有乡亲们借钱、送粮食，我们母子的境况会更差，尤其是妈妈生病之后的那些日子，我又不会种田，吃的、用的全都是左邻右舍给的。

汽车在宽阔的公路上飞驰着，我的心也跟着上下跳动，离家越近，我的心就越发不安起来，总感觉有什么东西在拉扯着我。我朝四周看了看，并没有看到什么，等我再低头时，那种感觉又来了，我想可能是妈妈来迎接我了。

自从那场大火之后，妈妈就离开了我，我以为她以后再也不会出现了，没想到她在家乡等着我。难道她算到我有一天会回来吗？还是她离不开外公外婆呢？我不知道妈妈如果知道我认老金头作干爹会不会生气，她可是临终时还让我去找杨复生啊。如果她那天跟着我去见到杨复生，她会不会气晕过去？我想一定会的。幸好她没有一直跟在我身边，她都死了，就不要再受那样的打击了，否则对她来说太不公平了。

"老金头，不，干爹，你说我妈妈知道杨复生的事情吗？"我扭头轻轻地问老金头。

"最初肯定是知道的，否则那么多年过去了，她怎么都不去找，也不去监狱探视呢？监狱是有规定的，家属每年都有探视时间，你妈妈一直没去，心里肯定是恨着杨复生的。"老金头若有所思地说。

"干爹，你说杨复生是我爸爸吗？"这个问题其实我得问妈妈，但妈妈已经不在了。

"应该是吧，如果不是的话，你妈妈让你去找他干什么呢？你妈妈让你找他，肯定是想让你有个依靠。"老金头叹了口气说。

"开发区工厂里的杨复生给我看的照片，跟我妈妈给我的照片上的人不一样，我真的认错人了，我爸爸可能在多年前就病死了。"我轻声

地说。

"小虫儿，同名同姓的人多的是，过去的事就让它过去吧，日子总得过下去，不要再想了。"老金头说话越来越有水平，让我不能不对他刮目相看。

汽车在龙潭镇车站停了下来，车门开了，我扶着老金头下了车。龙潭镇离我家有两三里路，从车站出来走一百米有一个老化肥厂。我和老金头从化肥厂门前经过时，里里外外没有一个人，甚至连看门的人都没有，这让我有些失望。我原以为能看到那个看门老头儿，我打算在他面前神气一下，因为如今我也是城里人了。以前我跟妈妈上街路过那里时，看门老头儿都表现出一脸的嫌弃，估计他是看妈妈瘦得厉害。妈妈在大病之前变得异常消瘦，又咳嗽得很厉害，这大概也是导致她最终死亡的原因。

看到我对着化肥厂大门东张西望，老金头奇怪地问我："小虫儿，你是不是在找熟人？"

我摇摇头，小声地把自己的想法跟老金头说了说。老金头笑了起来，他拍了拍我的肩膀说："小虫儿，别看你个子这么高，到底还是个孩子，要是在富裕人家，你还在读中学呢，穷苦人家的孩子没办法，过早地承担了一切。"

"那时我家很穷，妈妈又病着，我就不想上学了，我怕妈妈会在我上学的时候突然死掉。"我扶着老金头的胳膊慢慢往前走。

"我理解。孩子，我也是穷苦出身，人在穷困时，有一些消极想法是正常的。无论怎样，不能老是活在回忆中，那只会让自己很痛苦。你还年轻，又有了施工技术，一切都会变得越来越好的，要向前看。"老金头笑着说。

我和老金头一边走一边聊，直到进了村口，我们才停止了说话，因为我看到了一只跟小黄狗特别像的狗，只不过这只狗比小黄狗要壮不

少，个子也高好多。

"喂，你是小虫儿吗?"问我话的是柳芽。

"柳芽，你姐回来了吗?"我惊喜地跑上前去问。

柳芽比我离开时长高了不少，身体虽然还是那么单薄，但脸却变得红润了一些，也长得好看了一些。她的头上还扎起了两个小辫子，由原来的假小子变成了地道的小姑娘。

还没等柳芽回答，那只黄狗便"嗷"地扑过来，朝着我和老金头不停地吼叫着，样子很凶，我吓得躲到了老金头的背后。

"小黄，他是小虫儿，是你以前的主人，你不可以咬他。"柳芽使劲儿地踢了黄狗一脚，黄狗呜咽着朝一边躲去，然后站在那里望着我，眼睛一眨不眨。

"阿黄，过来。"这个称呼是我以前给小黄狗起的名字，我没在外人面前叫过。

"呜呜，呜呜，嗯嗯……"黄狗呜咽着绕着我的脚打转。

"干爹，这是我跟您说过的小黄狗，它现在长成大黄狗了，你看它认出我了。"我高兴地对老金头说。我蹲下来，伸出手小心地摸了摸黄狗的脑袋。

"是啊，你说没人会记得你，可是你看，柳芽记得你，黄狗也记得你，多好啊。"老金头笑着说。

我朝柳芽看了看，心里好一阵感动，眼泪开始在眼眶里打转。

我们说话间，村口有不少乡亲聚了过来。在柳芽的介绍下，大家也都认出了我，他们全都望着我，砸吧着嘴说："呀，小虫儿长成小伙子了，真不敢相信。"

"是啊，个子长得这么高，还长得这么好看，就跟城里孩子一样。"

"还是城里水养人啊，才一年不到就大变样了，真是想不到啊。"

……

乡亲们的话让我很受用，一整天我都笑呵呵的，挨家挨户跑了个遍，告诉大家我小虫儿回来了。

我把账本从柳芽那里要了回来，并给了她十元钱买本子，柳芽这才悄悄地告诉我，黑妹一直没回来过，村里有人在江城看见过她，她过得挺好的，还怀上了孩子。黑妹过得好，我是最高兴的了，尽管我们再也成不了一家人了，不过那也没什么关系。

在嫩毛二爷爷家吃过晚饭后，乡亲们都来看热闹。借着这个机会，我把账本拿了出来，一笔笔地把欠乡亲们的钱都还上了，并象征性地给了少量利息。

大家都很惊讶，有个大婶说："小虫儿，当初借给你们钱时，我们压根就没想过要你们还，你妈妈过世后，我们就更没这想法了，就当捐赠了，没想到你还记着，真是懂事啊。"

这时，坐在旁边的老金头站了起来，笑眯眯地说："乡亲们，在我家小虫儿和他妈妈受难时，你们都伸手帮忙，我们真的感激不尽，谢谢了，谢谢啊！"

嫩毛二爷爷挥了挥手，大声地说："乡亲们，小虫儿这次回来是要把户口迁走的，这是他爸爸杨复生。复生十几年前走的时候，是被冤枉的，那时他还年轻，现在都老了，村里认识他的人不多了。"

听嫩毛二爷爷这么说，有几个老人朝老金头看了又看，然后低头窃窃私语起来。

"这人真是复生吗？感觉不太像啊，复生年轻时个子很高的，老了缩了吗？"

"老了个子是会缩的，你看我们不都缩了好多吗？"

"怪啊，不是早就听说复生死了吗？怎么又回来了？我还看见春花哭呢，难道搞错了吗？"

……

我听着听着，头脑又晕了。

如果事实真如老人们议论的那样，妈妈在几年前就得到了杨复生的死讯，那她临死前为什么还让我去找他呢？是为了给我找点事情做吗？还是她不愿意相信杨复生死了呢？更巧的是，我还真找到了杨复生。

白扬曾经告诉我说杨复生在监狱里病死了，可是在江城市开发区工厂里我却见到了杨复生，他还问起了照片的事。虽然杨复生给我看的照片上的人与妈妈给我的照片上的人不同，可也许是我记错了呢。难道杨复生不想让妈妈知道他结婚了，所以就托人报了个假信给妈妈，说他死了吗？

事情如果不是这样，那当时在江城市第二监狱服刑的会有两个杨复生吗？难道会有这么巧合的事情吗？此刻，我心中疑团重重。我尽量不去想它，一切都过去了，妈妈已经死了，所有秘密都埋进了土里，杨复生的死活与我没什么关系了。

我抬头朝房子左右看了看，又想了想之前发生的事。下午进嫩毛二爷爷家时，看到门口那两块大条石，我就觉得特别熟悉，现在细细想想，嫩毛二爷爷住的这个地方应该是我和妈妈原来的家，那么我家的宅基地是不是被嫩毛二爷爷占去了？应该是的！

想到这里，我心里十分愤怒，恨不得立刻把嫩毛二爷爷抓过来问问，不过我很快便控制住了不良情绪，反正我也不打算在村里住了，为了这块宅基地，我已经家破人亡了，现在要不要这块宅基地，也没什么要紧的。

那天晚上，我和老金头睡在妈妈房间里。黑妹奶奶也不在了，据柳芽说，她奶奶在我离开后不久就病倒了，在家里老是说胡话，还整天叫着"春花"，所以大家都说是妈妈在地底下太孤单了，便想黑妹奶奶过去陪她。

半夜时分，我听到附近有动静，猛地睁开了眼睛，想看看妈妈的魂

灵到底在不在家。可是我找了好长时间，都没看到妈妈，这让我很失望，同时也很欣慰，妈妈让我做的事我全都做了，妈妈应该没什么遗憾了。妈妈生病时欠乡亲们的债，我都靠自己的能力还掉了，又有老金头愿意收养我——她唯一的儿子。这一切都比原先设想的好很多，妈妈应该没什么不放心的了，所以她就不出现了。不管怎么样，明天我得去妈妈坟上烧纸，跟妈妈道个别。

第二十六章　迎春花儿红

虽然是初春，但时间已是二月底，往年这个时候草都没长出来，今年因为是暖冬，植物们早早地就从地里钻了出来，一片嫩绿，看得我心里暖融融的。

我独自走在山间，一边走一边朝左右看着。老金头本来打算陪我一起上山的，我没有同意。他年纪大了，再过两年就六十岁了，腿脚还有毛病，要是他在这里生病了，那我们就不能按时回去上班了。老金头同意留在家里，我喊嫩毛二爷爷上门来陪他说说话，他们都是老年人，应该有话题可以聊。

妈妈的坟离村子有二三里路，路上要经过杨家庄小学。我小时候在那里上过学，现在是寒假，学校的门是关着的。我推开大门，找到了以前上学的教室，看了看我以前用过的桌椅，仿佛看到了年少时的自己，那些桌椅都没什么大的变化，还是老样子。

我读书时，妈妈还没生病，她每天早早地起床给我烧饭，然后喊我起来吃，吃过早饭后我便一蹦一跳地去学校。放学的时候，妈妈会在菜地里等我。那时我家有一块菜地在学校附近，每次我放学，妈妈都在那里忙碌。当时我就好奇，为什么妈妈总是在那块地里干活？现在我终于明白了，妈妈是担心我的安全，因为学校与我家之间有一条小河，那里曾经淹死过两个小孩。村里人说河边有水鬼，看到小孩经过，便会笑着

朝他们招手，诱小孩下水洗澡。

再往前走，就是一片杉木林，杉木林过去是松树林。妈妈带我上山扒柴时，喜欢在杉木林里扒。那些杉针落得到处都是，只要耙子伸出去再拉回来，便有厚厚的一层杉针。杉针干干净净的，妈妈喜欢用它做火引子，我便也跟着喜欢。

我最喜欢的还是在松树林里找糖吃。松树上有一屋白白的粉，吃到嘴里甜甜的，这也就是我从寿佬村逃到山里时，为什么知道去松树林里找松脂糖吃的原因，那都是我小时候学来的经验。

如今松树林里的松树比以前更高一些，但是并没有长得更粗壮。松树这种树真的很奇怪，多少年也长不了太大，干巴巴的，让我想起了妈妈，想起妈妈干瘦的小身板。只不过松树比妈妈更有韧劲，在经历了日复一日年复一年的风霜雨雪之后，它还能好好地站在那里。

走到一片菜地前，我停了下来，这地曾经是我家的。我记忆最深的庄稼是红薯，每到红薯收获的季节，我都急不可待地想把那些红溜溜的家伙挖出来，但是妈妈不让，说要再等等，等它们长得更大一些。我便又心急火燎地等了十几日，然后一天上午妈妈问我："小虫儿，想挖红薯吗？"我当然想啊，虽然有那么一刻，我曾想装作不着急，但是没装成，因为我心里急得跟猫抓的一样。

等到了红薯地，我迫不及待地把红薯藤一排排地拨拉开去，妈妈便跟在我后面一排排地挖过去，红薯便接二连三地从地里跳出来。我惊叫着扑向那些红薯，一个个地比大小。我把它们垒成一堆一堆的，等妈妈挖完后一起挑回家。那时还没有小黄狗，只有我兴奋得像小狗一样嗷嗷直叫，这是妈妈笑着评价我的。

把红薯挑回去后，妈妈又开始忙着制作红薯粉丝，那些粉丝在太阳底下晒得硬硬的。冬天晚上，妈妈会把它和白菜一起煮，再加一点大蒜和红辣椒，我们母子俩便吃得哧溜哧溜响，不一会儿，额头上全都是

汗，然后相对着呵呵直乐。那样的时光不会再有了，它始终留在我心里，是我心中最美的风景。

再往前走，便到了一个山坳，蕨芽们都拱出了小脑袋，毛茸茸的，仿佛没睡好的孩子噘着嘴站在那里。蕨芽的旁边是一簇簇映山红，那些叶子绿绿的，枝头上还打着花苞，估计还要过些日子才能开花。

附近山坳里睡着姥姥和姥爷，每年的清明节和春节，妈妈都会带我过来上坟。每次妈妈都让我跪着烧纸，一边烧还要一边喊着"姥姥姥爷，过来拿钱了，你们外孙给你们送钱了"。以前每次叫的时候，我心里都很害怕，会左右看看，真担心叫着叫着，姥姥姥爷就从地底下钻出来，朝我笑眯眯地望着。但是我现在不怕了，我知道世上是没有鬼的，而且即便姥姥姥爷变成了鬼，他们也不会伤害我的。

在姥姥姥爷的坟前，我烧了几刀黄纸，焚了一把香和一摞冥币，并向姥姥姥爷说了自己认老金头为干爹的事情。然后我从草丛间穿插过去，大概走了四五百米，便看到了妈妈的坟。妈妈的坟上都长草了，我坐在妈妈的坟前，打算把坟头上的草给拔掉，但拔了几棵后，我便停下来了。

为什么要拔呢？这些草并不妨碍妈妈，说不定还能陪妈妈说说话，让妈妈少一些孤独和寂寞呢。无论妈妈是否知道杨复生进监狱前后发生的那些事，她心里一定都很苦。在那漫长的岁月里，她独自带着淘气的我，看不到一点希望，心中肯定充满了绝望和不安，那种日子是什么样的，我也曾体会过，所以妈妈后来病得越来越重，以至于郁郁而终。

"妈妈，我把老金头带回来了，我将要以另一种身份生活在这个世上，不知道您是否赞同儿子的这种做法，如果同意，您就让小树点点头吧。"我跪在妈妈的坟前大声地说。

我抬起头，静静地望着坟前那棵小树，连眼睛都不敢眨一下。一阵风吹过后，我看到小树不停地朝我点头，并发出了沙沙的欢笑声。我在

附近找到一棵柳树，折了一截柳枝插在妈妈的坟边，这样以后我再回村里时，这里就会长出一棵大柳树来。想着柳树开枝散叶在风中翩翩起舞的样子，我笑了。

我把预留的黄纸压在妈妈的坟头，又跪在地上给妈妈烧了冥币，这样妈妈在阴间生活就不会过于清苦，就不会受人欺负了。至于把黄纸压在坟头，是老金头告诉我的，他说这样等妈妈从地底下出来时，就会知道她儿子曾经来过这里，她收到的那些钱是她儿子送来的，心里就会有所安慰。

离开妈妈的坟后，我朝山下走去。在背风的山坳里，我看到许多迎春花挨在一起，花儿开得又大又多，仿佛一群害羞的乡下小姑娘，黄澄澄的花儿如同阳光一般照亮了我的心。我朝它们看了又看，然后大步朝前走去……